春服

[日] 芥川龙之介 著

曹宇 译

图书在版编目（CIP）数据

春服 /（日）芥川龙之介著；曹宇译. -- 重庆：重庆出版社，2025.1
ISBN 978-7-229-17548-1

Ⅰ. ①春… Ⅱ. ①芥… ②曹… Ⅲ. ①短篇小说－小说集－日本－现代 Ⅳ. ①I313.45

中国国家版本馆CIP数据核字(2023)第058240号

春服
CHUNFU
[日] 芥川龙之介　著　曹　宇　译

丛书策划：李　子
责任编辑：陈劲杉
责任校对：刘小燕
封面设计：荆棘设计
版式设计：侯　建

重庆出版集团
重庆出版社　出版

重庆市南岸区南滨路162号1幢　邮政编码：400061　http://www.cqph.com
重庆天旭印务有限责任公司印刷
重庆出版集团图书发行有限公司发行
全国新华书店经销

开本：787mm×1092mm　1/32　印张：9.875　字数：200千
2025年1月第1版　2025年1月第1次印刷
ISBN 978-7-229-17548-1
定价：45.00元

如有印装质量问题，请向本集团图书发行有限公司调换：023-61520678

版权所有　侵权必究

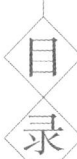

奇遇 1

往生画卷 13

母亲 20

好色 37

俊宽 59

竹林中 87

众神的微笑 102

手推车 118

报恩记 126

仙人 148

庭院 155

一夜谈 166

阿富的贞操 178

六宫公主 193

鱼市河岸 205

阿吟 210

百合 219

三件珍宝 229

人偶 244

猿蟹大战 262

两个小町 267

志野 280

老年的素戈鸣 288

奇遇

编辑：听说您要去中国旅行。去南边？还是北边？

小说家：打算从南到北绕一圈。

编辑：准备就绪了？

小说家：大致准备完毕。但一些游记、地志还没看完，伤脑筋呢。

编辑（心不在焉）：那样的书籍，有多少本啊？

小说家：没想到还挺多。日本人写的有：《七十八日游记》《中国文明记》《中国漫游记》《中国佛教遗物》《中国风俗》《中国人气质》《燕山楚水》《苏浙小观》《北清见闻录》《长江十年》《观光记游》《征尘录》《东北》《巴蜀》《湖南》《汉口》《中国风韵记》，还有中国——

编辑：这些书都读完了？

小说家：说什么呢，我一本都没看完。另外，中国人写的有：《大清一统志》《燕都游览志》《长安客话》，还有帝京——

编辑：哎呀，书名已经够多了。

小说家：还有西方人写的书，我还没说呢——

编辑：西方人写的关于中国的书，也没什么阅读价值。我更关心的是，您出发前，能为我们写小说吧？

小说家（顿时没了精神）：我打算出发前写完。

编辑：那您究竟准备何时出发？

小说家：说实话，我准备今天出发。

编辑（大惊失色）：今天吗？

小说家：是的，应该是五点的快车。

编辑：那离出发，不是只有半个小时吗？

小说家：差不多吧。

编辑（气呼呼）：那小说怎么办？

小说家（更加垂头丧气）：我也在想怎么办。

编辑：您这么不负责任，我们真的为难。不管怎样，只有半个小时，这么短的时间，您也写不出来吧……

小说家：是呀。如果是韦德金德①的戏剧，即便在这半小时也可能发生许多事情，比如怀才不遇的音乐家冲进来，谁家的夫人自杀等。你等一下，或许我抽屉里还有尚未发表的原稿。

编辑：那倒也行……

小说家（在抽屉里翻找）：论文不行吗？

编辑：什么论文？

小说家：《祸及文艺的媒体流毒》。

编辑：那样的论文不行。

小说家：这篇怎么样？体裁上属于小品。

编辑：题目叫《奇遇》。写的什么内容？

小说家：我读给你听听，好吗？只要二十分钟，就能读完。

至顺年间的事情。在濒临长江的古金陵，有个叫王

---
① 19世纪末至20世纪初活跃于德国文坛的剧作家。

生的青年，他天资聪颖，才高八斗，而且英俊倜傥，被人们称作奇俊王家郎。你能想象出他的风采吧。他年方二十，尚未婚娶，门第清白，还有父母留下的巨额财富。他这种身份最适合吟诗纵酒，享受风流。

事实上，王生和好朋友赵生过得自由自在，有时听戏，有时赌博，抑或是整晚在秦淮河畔的酒桌上开怀畅饮。沉稳的王生会拿着花瓷杯，如痴如醉聆听不知从哪里传来的歌声；欢快的赵生则就着醉蟹，倒满金华酒①，高谈阔论，对风月女子品头论足。

去年秋天以来，王生突然不再豪饮，俨然把喝酒忘得一干二净。不，不仅是豪饮，凡和吃喝嫖赌相关的嗜好，他全部拒之千里之外。以赵生为首的众多朋友无法理解这种变化，有人说王生或许已厌倦放浪生活；有人说他找到一位可爱女孩。但不管别人怎么盘问，关键人物王生只是面带微笑，不予回答。

一年后的某天，赵生时隔多日来到王生家，王生向他展示了元稹体的会真诗三十韵，并说是自己昨晚创作。整首诗通过华美对仗流露出嗟叹之意。未经历过恋爱的青年，肯定连一句诗文都写不出来。赵生把诗稿交还王生，

---

① 金华酒是一种药酒，主治口舌生疮、牙龈出血，具有解毒杀虫功效。

狡黠地看看对方，问道："你的莺莺在哪里？"

"我的莺莺？怎么可能。"

"你就撒谎吧。空口无凭，那戒指不是证据吗？"

顺着赵生手指的方向，一本翻开的书本上放着镶玉的紫铜戒指。戒指的主人肯定不是男人。王生拿起戒指，面色有点黯淡，但神情自若，娓娓道来：

"我没有莺莺这样的女孩，但的确有喜欢的女子。也的确因为她，去年秋天以来，我不再和你们推杯换盏。那女子和我的关系不是你们想象的那种常见的才子佳人之类的情事。我仅说这些，估计你无法真正明白。你光是不明白还好，就怕你觉得我所说的事都是谎言。所以，尽管并非本意，我现在还是向你坦白一切。你可能会觉得无聊，但还是听一下那女子的事情。

"正如你所知道的，我在松江有田，一到秋天，为收取年租，我会顺流而下，亲自去那里。去年秋天，我照例去了松江，返回的路上，船走到渭塘岸边，我看见一个挂着酒旗的酒家。它掩映在槐树和柳树丛中，朱漆栏杆九曲八弯，规模看上去不小，如诗如画，栏杆尽头，几十株芙蓉倒映在水中。我正好口渴，便吩咐船工把船停泊在那里。

"上岸一看,不出所料,店面很大,老板也不俗气。我喝了竹叶青酒,吃了鲈鱼和肥蟹,心满意足,估计你也能想到。说实话,相隔很长时间,我再次忘却旅愁,陶然地品酒入口。突然,我发现有人在帘后不时偷窥我。我看过去,那人就躲开;我移走视线,那人又盯着看。我感觉帘后有翡翠簪子和金耳环闪过,不过不敢确定。我似乎看到一张如花似玉的面孔,等回头确认,只有帘子松垮耷拉在那里。反复几次,我突然觉得这酒喝得没意思,撂下几枚铜板,急匆匆地返回船上。

"当晚,我在船上打盹时,又在梦中再次去了那个挂着酒旗的人家。白天来时没发现,这户人家有好几道门,穿过这些门,走到最深处,能看见一座小绣楼。绣楼前有漂亮的葡萄架,架子下面有一个周围砌着石头的清澈水池。我记得当时自己走到池边,借着月光能数清里面的金鱼。水池两边种着垂丝柏,靠近墙边,形成一道翠柏屏障。树下还有石头堆成的假山,犹如天工之作。假山上全是金丝线、绣墩之类的绿色植物,虽天气微寒,但都没有凋零。窗户间挂着雕花鸟笼,里面养着绿皮鹦鹉。那只鹦鹉看见我,也没忘记说'晚上好'。屋檐下悬空插着的一对木鹤,嘴里衔着青烟袅袅的线香。我往窗户里一看,屋内桌上的古铜瓶中插着几根孔雀羽毛;旁边笔墨纸砚之类的东西显得清秀雅致;还挂着一支玉箫,似乎在等待来客;墙上挂着四幅金花笺[①],上面题有诗文,诗体似乎模仿苏东坡的《四时词》,而书法肯定师承赵松雪[②]。我记得那些诗,不过现在没必要念给你听。我想对你说的是,一个如花似玉的女子独自坐在清月皎洁的屋子里。看见她后,我才真正体会到女人的美丽。"

"这就是所谓的'有美闺房秀,天人谪降来'吧。"

赵生微笑着,随口吟诵起刚才王生给他看的会真诗的前两句。

"算是吧。"

王生只是回答一句,便闭口不言。赵生按捺不住,轻抵王生的膝盖,问道:"接下来怎样?"

"接下来就一起说说话。"

"说完话呢?"

"女子吹箫给我听,我记得曲调是'落梅风'——"

"就这样?"

"之后又一起说说话。"

[①] 就是"描金笺",一种描绘有金花的书笺。
[②] 即赵孟頫,号松雪道人,南宋晚期至元朝初期官员、书法家、画家、诗人。

"然后呢?"

"然后就突然醒了,睁开眼睛一看,和之前一样,我躺在船上。向舱外望去,目力所及,月夜下只有茫茫江水。估计全天下人都无法知晓我当时的孤寂之情。

"那以后,我对那女子朝思暮想。令人不可思议的是,即便返回金陵,每晚只要睡着,在梦里必定看到那户人家。前天晚上,我在梦中把水晶双鱼扇坠送给女子,她从手上取下镶玉紫铜戒指,递给我。就在这时,我醒过来,水晶双鱼扇坠不知去向,而枕边不知何时的确多了一个镶玉的紫铜戒指。如此看来,和女子相遇不能只认为是一场梦。不过,不是梦又是什么呢?我也无法回答。

"如果是梦,那我除了在梦中,还未曾见过那户人家的女子。不,是否有这样的女子,我也不敢确定。即便这世上不存在如此女子,我思恋她的心也不会改变。只要活着,我就不能不怀念梦中女子,还有那水池、葡萄架和绿皮鹦鹉。我想对你说的就这么多。"

"原来如此,果然不是一般的才子佳人的情感故事。"

赵生同情地看着王生。

"那么,你之后再没去过那户人家?"

"是的,一次也没去过。再过十天,我又要去松江。

路过渭塘时,我打算再让船停靠在那户挂着酒旗的人家。"

十天后,王生和之前一样,坐船顺流直下,前往松江。返回时,赵生和一众朋友看见和王生结伴下船的女子国色天香,大吃一惊。据说女子自从去年在帘后偷看王生后,就对他念念不忘,即便在闺房窗边给绿皮鹦鹉喂食,也会想到他。

"你要说奇怪,还真奇怪。据说对方不知何时也在枕边发现了水晶双鱼扇坠。"

赵生每次见到人,就会夸夸其谈王生的故事。最后渭塘的瞿佑把该故事流传下来,他很快以这个故事为原型,写下动人的《渭塘奇遇记》……

小说家:怎么样?照这样写下去。

编辑:很有罗曼蒂克的感觉,不错。总之,我决定要这篇小文章。

小说家:请等一下,后面还剩下一小部分。写下了动人的《渭塘奇遇记》——刚才讲到这里吧。

但不要说瞿佑,就连王生等一众朋友都不知道搭载王生夫妇的船只离开渭塘酒家时,他和女子有下面一段对话：

"总算安然无恙地演完戏。我像写小说一样欺骗你父亲，说每晚梦见你。说这些话时，内心一直在哆嗦。"

"我也担心。你对金陵的朋友们也撒谎了？"

"是的，也撒谎了。起初什么都没说，但突然被朋友发现那个戒指，无奈之下就编了梦里的故事，和对你父亲说的一样。"

"那么，除了我俩，就无人知道真相吧？就是去年秋天，你潜入我房间的事——"

"我！我！"

两人同时惊讶地循声望去，然后笑起来。船的桅杆上挂着雕花鸟笼，里面的绿皮鹦鹉正俯视着王生和女子……

编辑：这是画蛇添足。这段文字一下子把读者被勾起的兴趣打消掉了，不是吗？在杂志上登载这篇小文章时，请允许我把这段文字删除掉。

小说家：这还不是最后，还有一小部分内容，请耐心听完。

不要说瞿佑，就连王生夫妇也不知道当船离开渭塘时，女子父母有下面这样一段对话。父母两人站在岸边的柳树和槐树的树阴下，用手搭着凉棚，目送船只远去。

"老婆子。"

"老头子。"

"总算安然无恙地演完戏，没有比这再可喜可贺的。"

"再也不会有这样可喜可贺的事喽。当我听到女儿、女婿勉为其难撒谎时，我心里很难受。因为你让我保持沉默，装作一无所知，我只能强忍着。事到如今，就算他们不撒谎，不也能在一起吗——"

"不要这么啰嗦。女儿、女婿觉得不好意思，才绞尽脑汁撒谎；而且，站在女婿的角度考虑，他会觉得如果不撒谎，我们不会轻易把女儿托付给他。老婆子，你怎么啦？在这个大喜日子，你老哭可不好，不是吗？"

"老头子。明明你也在哭……"

小说家：还有五六张纸就结束了，顺便把剩下的内容也读完吧。

编辑：不用了，前面的内容已经够多。请把原稿借给我。如果我不发表任何意见，这篇作品就会逐渐变得糟糕。我觉得还是在前面戛然而止要好得多。总之，我要这篇作品呢。请您也有思想准备,内容会有删除。

小说家:如果从那儿删掉,我会觉得为难——

编辑:哎呀,您再不抓紧,就赶不上五点的快车了。您先别管原稿,赶快叫辆车吧。

小说家:是吗?时间太紧了,那我先行告辞,请多关照。

编辑:再见!一路平安。

1921 年 3 月

往生画卷[①]

童子：那儿走来一个奇怪的法师。你们看！你们看！

卖寿司的女人：真是一个奇怪的法师，不是吗？那么用力地敲着铜锣，还叫喊着什么……

卖柴老翁：或许我耳背，根本听不清他叫嚷什么。喂！

[①] 描绘离开人世到极乐世界这一过程的画卷。

喂! 他在说什么?

打金箔的男人: 他在说"阿弥陀佛啊。喂! 喂!"

卖柴老翁: 哈哈, 那是个疯子。

打金箔的男人: 或许就是那种人。

卖菜老妪: 哎呀, 哎呀, 或许是尊贵的大师呢。我现在要拜一拜。

卖寿司的女人: 他面容狰狞, 不是吗? 哪有这种长相的大师呢。

卖菜老妪: 别说冒犯的话, 如果遭报应, 你怎么办?

童子: 疯子, 疯子。

五位入道: 阿弥陀佛啊。喂! 喂!

狗: 汪——汪——

拜佛的女人: 快看! 来了一个可笑的法师。

她的同伴: 那混蛋看见女人, 说不准会干坏事。趁他还没靠近, 我们走这条路吧。

打铁匠: 哎呀, 那不是多度的五位大人吗?

叫卖水银的商人: 我不知道他是不是五位大人。不过, 真的五位大人突然扔掉弓箭, 削发出家, 在多度当地引起轩然大波。

年轻武士: 原来如此, 果然是五位大人。他夫人和孩子一定长吁短叹吧。

叫卖水银的商人：听说他夫人和孩子每天以泪洗面。

打铁匠：即便舍弃妻儿，也要遁入佛门。这也算意志坚定的表现吧。

卖鱼干的女人：这算什么意志坚定？！替被他抛弃的妻儿想想，不管佛祖，还是女人，只要夺走男人，就是她们憎恨的对象。

年轻武士：哎呀，也有道理。哈哈。

狗：汪——汪——

五位入道：阿弥陀佛啊。喂！喂！

马上的武士：马要受惊，吁——吁——

背着木箱的随从：拿疯子也没办法。

老尼姑：众所周知，那法师曾是恶人，喜欢杀生，如今竟然心存善愿呢。

年轻尼姑：他过去真的让人恐惧。不仅上山打猎，下河捕鱼，还从远处射杀乞丐。

手拄木屐跪行的乞丐：幸亏现在遇到他。如果早两三天，我身上就要有箭孔了。

卖板栗核桃的店主：那个杀伐之人为何会削发为僧呢？

老尼姑：的确不可思议。都是佛祖的安排吧。

卖油的店主：我总感觉是天狗什么的附体呢。

卖板栗核桃的店主：说不定是狐狸附体呢。

卖油的店主：天狗只要想办法，就能变成佛，不是吗？

卖板栗核桃的店主：说什么呢？能变成佛的，不一定只有天狗。狐狸也能变。

手扛木屐跪行的乞丐：对，趁此时，多偷一点儿板栗，放到挂在脖子上的布袋中。

年轻尼姑：哎呀，他敲铜锣的声音把鸡都吓到屋顶上呢。

五位入道：阿弥陀佛啊。喂！喂！

钓鱼的下等人：烦人的法师来了。

他的同伴：怎么回事？跪着走路的乞丐竟然跑走呢。

披着面纱的女行者：我脚有点疼，真想借用一下那个乞丐的腿。

背着皮箱的下人：越过这座桥，就进城镇了呢。

钓鱼的下等人：我想看一眼那面纱背后的脸庞。

他的同伴：哎呀，你稍微走神，鱼就咬饵跑了。

五位入道：阿弥陀佛啊。喂！喂！

乌鸦：嘎——嘎——

栽秧的女人：杜鹃鸟，就是你呀，就是你。你一叫，我就站在田里。

她的同伴：你看！那个可笑的法师，不是吗？

乌鸦：嘎——嘎——

五位入道：阿弥陀佛啊。喂！喂！

一段时间，鸦雀无声，只有松涛阵阵。

五位入道：阿弥陀佛啊。喂！喂！

又是松涛阵阵。

五位入道：阿弥陀佛啊。喂！喂！

老法师：高僧！高僧！

五位入道：您叫我吗？

老法师：正是。高僧去往何处？

五位入道：去西天。

老法师：西边是大海。

五位入道：即便大海，也不是问题。见到阿弥陀佛前，我要一直向西。

老法师：真是不可思议。高僧您觉得自己能亲眼拜见到阿弥陀佛吗？

五位入道：如果我不这么认为，就不会大声喊阿弥陀佛的名字。我也因此出家。

老法师：这里面有什么说道吗？

五位入道：没什么说道。只是前天狩猎回来，听到某人讲经说法。按照那人的说法，只要诚心侍奉阿弥陀佛，不管怎样的破戒罪人都能前往净土。顿时，我热血沸腾，迫切想见阿弥陀佛……

老法师：然后，您怎么做呢？

五位入道：我将讲经人摁在地上。

老法师：什么？摁在地上？

五位入道：然后拔出刀，抵在他胸口，盘问阿弥陀佛在哪里。

老法师：这种问法极其荒唐。他惊慌失措吧。

五位入道：他痛苦地翻着眼睛，说"西边、西边"。——哎呀，说着说着，太阳都快下山了。途中耽误时间，是对阿弥陀佛的不敬。请原谅！——阿弥陀佛啊。喂！喂！

老法师：哎呀，遇见极度疯狂的人。我还是回去吧。

再度松涛阵阵，还有阵阵浪声。

五位入道：阿弥陀佛啊。喂！喂！

涛声，时不时传来海鸟的叫声。

五位入道：阿弥陀佛啊。喂！喂！这海边看不到船，只看到海浪。阿弥陀佛所在的国度或许就在大海对面。如果我能变成鸬鹚，立刻就能飞到那里……那讲经人也说阿弥陀佛是大慈大悲。如此看来，只要我一直叫佛祖的名字，应该不会不回答我；否则，我就一直喊到死。幸亏这里的枯松树的枝杈分成两股，我先登到枝头上吧。阿弥陀佛啊。喂！喂！

再度传来阵阵涛声。

老法师：自从遇见那个疯子，到今日已是第七天。他说要亲眼看到阿弥陀佛肉身。他之后去哪里？哎呀，那个爬到枯树枝头上的，不就是他吗？高僧，高僧……他没回应也正常。不知何时已经断气。他身上竟没有带口粮，估计是饿死的，真可怜！

三度传来阵阵涛声。

老法师：如果把他丢在枝头上，说不定会被乌鸦吃掉。所有事都是前世的因缘。算了，我把他埋了吧。哎呀，怎么回事？这尸体的嘴巴里竟然开着白莲花。说起来，我刚才来时就闻到一股异香。如此看来，我本以为他是个疯子，实则是尊贵的上人。我竟一无所知，说了无礼的话，罪过，我收回刚才的话。南无阿弥陀佛，南无阿弥陀佛，南无阿弥陀佛，南无阿弥陀佛。

1921 年 3 月

母亲

一

在房屋角落的镜子里，有涂成西式风格的墙壁，还有日式风格的榻榻米。这间上海特有的旅馆二楼房间的一部分被清晰地映现在镜中：首先是尽头的天蓝色墙壁，然后是几张崭新的榻榻米，最后是一个背对镜子、留着西式发型的女人。寒光中,这一切都映现在镜中,让人觉得憋闷。女人刚才就在那里做着针线活。

虽然背对镜子,但透过穿着绸缎外套的女人的肩膀,能略微看见她散乱刘海下的苍白侧脸,微弱光线透过她纤美的耳廓,略长的鬓发下,耳根时隐时现。

在这间放着镜子的房间里,除了隔壁婴儿的啼哭声,没有任何东西打破沉静。哪怕连绵不绝的雨声在这里也只是给那种沉静增添了单调的气息。

"喂。"

就这样过了几分钟,女人继续做着针线活,突然不安地冲着谁喊了一声。

谁呢?房间里,除了女人,还有一个穿着丹前棉袍①的男人。他伸直身体,趴在很远的榻榻米上,摊着一张英文报纸。男人似乎没听见女人的叫声,只是把烟灰掸落在面前的烟灰缸中,眼睛都没有离开过报纸。

"喂。"

女人又叫了一声,但眼睛还在盯着手上的针线活。

"怎么啦?"

男人有些不耐烦,抬起又圆又肥的脑袋,他留着短

---

① 防寒用和服的一种,宽袖,套在和服外面。

胡子，看上去像个社会活动家。

"这个房间。你说这个房间不能换吗？"

"换房间？我们昨晚才搬进来的。"

男人露出诧异的表情。

"虽然才搬进来，之前的房间还空着吧？"

瞬间，男人的眼前浮现出那间住了大约两周的屋子，房间在三楼，采光不好，住得也压抑。窗边的油漆已经剥落，印花布窗帘垂落到变色的榻榻米上。窗台上的天竺葵蒙了一层薄灰，不知道多长时间没浇水了；而且，看看窗外，也是垃圾遍地的胡同，戴着草帽的中国车夫无所事事地晃荡着……

"你在那个房间时，不是一直说不喜欢、不喜欢吗？"

"是的，但到这个房间一看，我突然又不喜欢这个房间呢。"

女人放下手中针线活，苦闷地抬起头。她眉头紧锁，眼角细长，看上去比较敏感。但只要看看她眼睛四周的黑眼圈，就不难想象她在忍受某种痛苦。看，她的太阳穴附近浮现出青筋，给人病态的感觉。

"好了……你说不行，是吧？"

"和前一个房间相比，这里又宽敞，住得也舒服，没什么让人不满意的地方。难道你有什么不开心的事情？"

"也没什么特别的事。"

女人犹豫了一下，也未继续说下去，但又重复了一遍刚才的话，似乎叮嘱什么一样。

"你说怎么都不行，对吗？"

这次，男人未置可否，只是冲着报纸吐了一口烟雾。

房间里又陷入沉静，只有屋外传来无休无止的雨声。

"这是春雨吧——"

过了一段时间，男人翻了个身，仰躺着，自言自语地说道：

"如果搬到芜湖住，我就开始写诗的第一句喽。"

女人没有回答，继续着手上的活。

"芜湖也不错。首先，公司的住房很大，院子也宽敞，最适合种些花草。据说原来是雍家花园……"

男人突然闭上嘴，不知何时，鸦雀无声的房间里传来轻轻的啜泣声。

"喂。"

啜泣声突然消失，但很快又断断续续响起来。

"喂，敏子。"

男人抬起半个身子，用一只胳膊肘撑在榻榻米上，露出困惑的眼神。

"你不是和我约定好了吗？不再发牢骚，不再让我看见你的眼泪。不再——"

男人稍稍抬起眼皮。

"难不成除了那件事，你还有什么悲伤的事情？比如说想回日本，不想去中国乡下——"

"不是。不是。我说了不是那些事。"

敏子落泪了，强烈地否定对方的说法，让人始料未及。

敏子垂下眼，一直咬着薄薄的下嘴唇，似乎不想让眼泪夺眶而出。只见她苍白的脸颊上，某种紧迫的东西如同无形之火熊熊燃烧着。颤抖的双肩，湿润的睫毛。在凝视的过程中，男人竟觉得妻子美丽动人，这感觉和目前的氛围格格不入。

"但是，我不喜欢这间屋子。"

"所以，所以我刚才不是说了吗？你为何那么讨厌这间屋子？你先把这个说清楚。"

说到这里，男人发现敏子的眼睛一直盯着自己，噙满泪水的眼睛深处闪动着几近敌意的悲伤光芒。为何讨厌这间屋子？这不仅仅是男人独自产生的疑问，也是敏子无声抛出的反问。当两人的视线相遇，男人犹豫起来，不再思考诗的第二句。

几秒钟后,两人对话就结束了。男人的脸上露出恍然大悟的表情。

"那件事吗?"男人想掩饰内心的波澜,故意说得很冷淡,"那件事,我也介意。"

听男人这么说,敏子的眼泪扑簌簌地落在膝盖上。

不知何时,窗外暮色已近,烟雨蒙蒙。现在,天蓝色墙壁的对面又传来婴儿的哭声,似乎要盖住雨声……

二

早晨明媚的阳光照在二楼的外飘窗上。窗户对面耸立着一栋逆光的三层楼房,其红墙上附着一些青苔。站在这栋楼昏暗的走廊上望过去,外飘窗如同以这栋房子为背景的一幅大型绘画。结实的橡木窗框看上去就像是嵌入的画框。画框正中央,一个女人侧着脸,正在编织着小袜子。

女人看上去比敏子年轻,穿着大岛产外褂。早晨清新的阳光倾泻在她丰满的肩膀上,又反射到气色不错的脸颊上和微厚嘴唇边的淡汗毛上。

上午十点到十一点间——在旅店，这是一天中最安静的时候。住店旅客——不管来做生意的，还是观光旅游的——基本上都出去了。寄宿的职员要到下午才回来。那些人离开后，长走廊上只会不时传来女用人脚上的草鞋声。

此时，那草鞋的声响渐渐地由远及近，一个四十左右的女仆端着红茶器具，像影子一样从对面外飘窗的走廊上走过。如果不被叫住，那女仆根本没注意到女人，或许就径直走过。一看见女仆，那女人亲热地招呼起来：

"阿清。"

女仆略微点点头，朝外飘窗这边走过来：

"您真有精神。少爷怎么样？"

"我儿子？宝宝睡着呢。"女人停住手中的编织针，露出孩子般的微笑，"你来得正好。阿清。"

"您有什么吩咐？这么认真的表情。"

外飘窗上的阳光照在女仆的围裙上，她浅黑的眼角露出一丝微笑。

"隔壁的野村先生，是叫野村吧？他夫人——"

"哎，叫野村敏子。"

"敏子？那和我同名呀。他们离开了？"

"没有，恐怕还要在这里待五六天。然后去芜湖——"

"刚才我从那儿走过，屋里好像没人嘛。"

"是的，昨晚突然换到三楼房间了。"

"是吗？"女人歪着圆脸蛋，似乎在琢磨什么。

"就是那位夫人吧。刚到我们这里，孩子就没了！"

"是的，挺可怜的，尽管当时把孩子送医院了。"

"那就是说，孩子是在医院没的？难怪我一无所知呢。"

女人那刘海前分的额头上微微浮现出些许忧郁神色，但很快就恢复了方才的微笑，眼神顽皮：

"好了，没事了。你去忙吧。"

"您管得可真多。"女仆情不自禁地笑起来，"如果您再说刻薄话，下次鸢家打电话来，我就悄悄告诉老爷。"

"好了，我不是让你去忙吗？红茶都凉了，不是吗？"

女仆离开外飘窗后，女人重新拿起编织物，轻声哼起歌。

上午十点到十一点间，这是旅店一天中最安静的时候。女仆利用这段时间，去各个房间，把花瓶里枯萎的花朵取走扔掉。最近，男仆打磨了二楼和三楼的黄铜栏杆。一片沉静中，只有路上的嘈杂声和阳光一起，透过敞开的玻璃窗进入屋内。

突然,毛线球从女人膝盖处滚落,线团迅速弹了一下,然后拖着一根红线,眼瞅着就要滚到走廊上。就在这时,一个人正好走过,静静地把它捡起来。

"谢谢!"

女人没有离开藤椅,不好意思地点点头,再定睛一看,原来是隔壁房间的瘦弱太太。刚才自己和女仆还聊到她呢。

"不用谢。"

线团从纤细的手指递到了雪白如脂、缠着毛线的手指上。

"这里暖和啊。"

敏子走到飘窗前,眯起眼睛,似乎有点目眩。

"是的,这么坐着都能打瞌睡。"

两位母亲站在那里,相互微笑着,显得很幸福。

"哎呀,多可爱的小袜子。"

敏子漫不经心地说道。听到敏子的话,女人悄悄地挪开视线。

"时隔两年,再次拿起编织针——太闲了。"

"我不管多闲,也只是偷懒。"

女人把编织袜丢在藤椅上,露出无奈的微笑。敏子的话虽然无心，但再次击打到女人的内心。

"你家公子。是公子吧。什么时候出生的？"

敏子用手撩撩头发，迅速地看了一下女人。昨天听见隔壁的婴儿哭声，敏子都觉得无法忍受。现在，这个婴儿却最能勾起敏子的兴趣，不过，她也清楚明白，想要满足这个兴趣，就必须重新体会一遍痛苦。这就像小动物在眼镜蛇面前不敢动一样，不知何时，敏子的内心也被痛苦的催眠所缠绕吧。这或许也是病态心理的一个例证吧，就像伤兵为贪图一时的自虐快感，故意扯开伤口，经受那种痛苦。

"就这个正月。"

女人回答完，露出犹豫神色，但很快便抬起头，同情地说了一句："你家的飞来横祸，我听说了。"

敏子湿润的眼睛里勉强露出一丝微笑：

"是的，得了肺炎，就跟做梦一样。而且，刚到这里就发生那种事，我都不知道说什么好。"

不知何时，女人的眼睛里微微泛着泪光：

"要是我们碰上那种事，该怎么办呢？"

"当时非常难过。——现在也就不想了。"

两位母亲站在那里，凝视着凄寂的晨光。

"这一带流行恶性感冒。"

女人小心翼翼,继续方才中断的对话。

"日本本土就好。气候也比这里舒服——"

"我初来乍到,还不了解。但这里的大雨的确多。"

"今年尤其——哎呀,哭了。"

女人侧耳倾听,脸上露出微笑,俨然换了一个人:"失陪一下。"

话音未落,刚才那个穿草鞋的女仆急匆匆跑过来,怀里抱着号啕大哭的婴儿。婴儿被包裹在漂亮的毛呢和服中,皱着眉头。他有双下巴,很结实。这是敏子不愿看到的。

"我去擦窗户,他很快就醒了。"

"不好意思。"

女人把婴儿轻抱到胸前,动作驾轻就熟。

"哎呀,好可爱。"

敏子把脸凑过去,闻到一股浓烈的奶味。

"哎呀,哎呀,肥嘟嘟的。"

女人有些脸红,但一直保持微笑。女人不是不同情敏子的心境。但——从这个乳房下面——从这个饱满的乳房下面,得意感蓬勃而出,无法遏制。

三

午后的微风中，雍家花园的槐树、柳树摇曳着，在庭院、草地和泥土上投下光影。不，不仅草地和泥土，还投射到悬挂在槐树上的吊床上。淡蓝色吊床和整个庭院并不协调，还投射到微胖男人的身上。他仰躺在吊床里，只穿着夏裤和马甲。

男人点上烟，望着垂吊在槐树枝上的中国鸟笼，里面好像是文鸟之类的小鸟。它也在明暗的光影下沿着栖木走来走去，不时好奇地张望着鸟笼下的男人。每次，男人微笑着，把香烟叼进嘴里，或者像和人对话一样，说着"喂""怎么啦"。

四周树影婆娑，弥漫着淡淡的青草芬芳。刚才，从很远的天空处传来轮船的汽笛声，现在则鸦雀无声。那艘轮船早已走远了吧。浑浊泛红的长江水裹挟着轮船荡起的浪波，或西或东，流逝而去。在能看见江水的码头，一个衣不蔽体的乞丐正啃食西瓜皮。或许那里还有一个直挺挺躺着的母猪，一群小猪崽在它肚皮处争着吃奶。男人已经看腻了小鸟，沉浸在遐想中，不知不觉打起了盹。

"喂。"

男人睁开大眼睛。敏子站在吊床边，与在上海那家旅店时相比，气色好了一些。敏子没有涂脂抹粉，头发、腰带和中款的浴衣也都沐浴在斑驳的光影中。男人看着妻子，毫无顾忌地打个哈欠，然后从吊床上懒洋洋地坐起来。

"你的信！"敏子把几封信递给男人，眼中含笑，同时从浴衣胸口处掏出装在粉红色信封里的小信笺，"今天我也有信。"

男人坐在吊床上，咬着烧了半截的雪茄，随意地看起信。敏子也站在那里，凝视着粉红色信封和同样颜色的信纸。

雍家花园的槐树和柳树在午后的微风中摇曳，把光影投射在祥和的两人身上。文鸟几乎不叫。一只"嗡嗡"哼吟的虫子飞落到男人肩膀上，很快又飞走……

沉默一阵后，敏子垂着眼睛，突然轻声叫起来：

"哎呀，信上说，隔壁的婴儿也死了。"

"隔壁？"

"隔壁呀。就是上海那个旅店的——"

"啊，那孩子吗？可怜啊。"

"那孩子当时长得那么结实——"

"什么病呢?"

"据说还是感冒。起初觉得受凉了——"

敏子继续语速很快地读着信,显得有点兴奋。

"送到医院,为时已晚。——是否和你孩子当时的情况一样?打针,吸氧,想尽一切办法,但是——接下来这个字怎么读?

"想起来了,是'哭声'。孩子的哭声逐渐变小,到晚上十一点差五分时,还是断气了。我当时的痛苦,想必你也能想象……"

"可怜啊。"

男人再次缓缓地仰躺到吊床里,重复了那句话。在男人脑海中,濒临死亡的婴儿小声喘息着。不知何时,那喘息声又变成哭声。夹杂着雨声,那是健康婴儿的哭声。男人沉浸在幻想中,继续听着妻子念信。

"'想必你也能够想象……我不仅回忆起那次与你见面时的场景。那时,你恐怕也……'啊,讨厌,讨厌,我真不喜欢这个世道。"

敏子抬起忧郁的眼睛,神经质地皱起浓眉,沉默一会儿,然后看见文鸟,就高兴地拍起纤细的双手。

"我想到一件好事。我们可以放生文鸟。"

"放生？把那只你珍爱的文鸟？"

"是的，是的。即便珍爱的文鸟也没关系。以此为那隔壁的婴儿祈求冥福。好了，我不是说放生吗？就把那只鸟放生吧。文鸟肯定也高兴。我的手或许够不到。如果够不到，请你取一下。"

敏子跑到槐树根处，踮起脚尖，尽量伸长手臂。但那挂在枝头的鸟笼，她连手指都碰不到。文鸟像疯了一般，不停拍打着羽翼，鸟食罐里的稻黍也泼洒到鸟笼外。男人饶有兴趣地看着敏子仰起的喉咙，挺起的胸部，支撑全身力量的脚尖。他望着妻子。

"够不到吗？够不到。"

敏子踮着脚，转身朝向男人。

"你帮我取一下鸟笼呀。"

"够得到吗？如果有个踏板，就另当别论。即便你要放生，也不一定是现在呀。不是吗？"

"我就想现在放生。喂，请帮我取一下。如果你不帮我，我就欺负你。行吗？我要解开你的吊床喽。"

敏子瞪着男人，但眼睛和嘴角都充满微笑。那种微笑不同寻常，充满强烈的幸福感。此时，男人从妻子的微笑中甚至感受到某种刻薄。她的微笑近似于一种隐藏在光线朦胧的草木深处的恐惧力量。

"别做蠢事——"

男人扔掉雪茄,半开玩笑地叱责起妻子。

"首先,你不觉得对不起那个叫什么名字的夫人吗?人家死了孩子,你这边又是大笑,又是乱来……"

不知何故,敏子突然脸色苍白,像一个任性的孩子,垂下长睫毛的眼睛,一语不发,撕掉粉红色信纸。男人略微苦着脸。也许是宣泄掉不愉快,敏子很快又开心地说起来:

"不管怎么说,能像现在这样,肯定也是一种幸福。在上海时真不行。在医院里,我只会焦躁;不在医院,我又会担心——"

男人突然不说话。敏子看着脚底,不知何时,背阴的脸颊上泛着泪光。男人不知所措,只能捋捋短胡须,没有再说那件事。

"喂。"

令人窒息的沉默持续一阵后,脸色很差的敏子终于开口,即便此时,她也背对着男人。

"怎么呢?"

"我——我是不是不好？那孩子死了——"

敏子突然用一种热辣辣的怪异眼神看着男人。

"那孩子死了，我竟然高兴。本应该觉得可怜。但我就是高兴。高兴不好吗？不好吗？你说呢？"

敏子的声音带着一种前所未有的洪荒之力。炫目的阳光把男人衬衫的肩头处和马甲处染成金色。男人未置可否，犹如某种人力不及的东西巍然横亘在前方。

1921 年 8 月

好色

平中乃好色者,宫女自不必说,对普通女子也难目不斜视。

——《宇治拾遗物语》

平中希冀寻觅良方,两不相见,了断情思,左思右想,竟病魔缠身,就这样抑郁而终。

——《今昔物语》

好色如斯。

——《十训抄》

一 画姿

在与太平盛世相称、雅致而醒目的乌帽子①下，一张大腮帮脸正看着这边。胖乎乎的脸颊上泛着鲜亮的红晕，那并非涂抹了胭脂，而是那男人中罕见的白嫩丰润的肌肤自然透出的血色。雅致的鼻子下方——不如说在薄嘴唇两侧——留着些许胡须，犹如抹了一层淡墨。而没有一丝云霞的天空则将淡蓝色映射在那富有光泽的鬓发上。鬓发尽头只露出微微上翘的耳垂，或许是微弱光线的缘故，那耳垂呈现出犹如文蛤般的暖色。那比一般人细长的眼睛里总是充满着盈盈笑意，眼眸深处飘漾着灿烂微笑，让人觉得那里似乎浮现着芬芳吐艳的樱树枝。如果稍加留意，或许不难发现其中并非只蕴含着幸福。这是对远方某物充满憧憬的微笑，同时又是对眼前一切报以轻蔑

---

① 黑色礼帽，近世之前，日本贵族子弟成年后戴的袋状帽子。

的微笑。与脸庞相比，脖颈反倒过于纤细，如此评判也不为过。白汗衫的衣襟和用微香熏染的黄色水干①的衣襟在脖颈处泾渭分明。在他脸庞后方隐约可见的是织有仙鹤图案的幔帐呢，还是画着恬静山脚下的红松的拉窗呢？总之，一片银灰色般的鱼肚白弥漫着……

这就是从古老故事中浮现在我眼前的"天下第一好色者"平贞文的肖像。据说平好风有三子，平贞文排行老二，绰号"平中"。这就是平中，也是我的"唐璜"的肖像。

二 樱花

平中倚靠着柱子，漫不经心望着樱花。迫近屋檐的樱花似乎已错过盛开期，透过交错的树枝，下午的漫长日光从各个方向将形态各异的影子投落在红色微褪的花朵上。但是，平中虽然眼里有樱花，但心思却不在樱花上。从刚才开始，他就漫不经心地思忖着侍从女官的事情。

---

① 日本"狩衣"礼服的一种，衣领处有两根长带，穿着时将带系上，并将下摆掖入裤裙中。

"初次见到侍从是……"

平中就这么继续想着。

"初次见到侍从是……什么时候呢？对了！当时说要外出参拜稻荷神社，肯定是2月的第一个午日。那女人正要上车，而我恰好经过……这就是整件事情的起端。那女人用扇子遮阳，所以只能隐约瞥见她的脸庞。她穿着大红和葱绿的和服，外面披着紫色上衣，美得难以言表；而且，她正要进入车轿中，单手提着裤裙，稍稍弯着腰，那景象也让人难以自拔。虽说本院大臣夫人有众多侍女，但如此美人绝无仅有。如此美人，就算我平中迷恋——"

平中的表情微微严肃起来。

"但真的迷恋吗？如果说迷恋，似乎是迷恋；如果说不迷恋，似乎也不迷恋……这种事越想越不明白，算了，姑且就算迷恋吧。像我这种人，不管怎么迷恋女侍从，但也不会神魂颠倒。有次和范实那小子聊到女侍从，他说'听闻她的头发过于稀疏，令人遗憾'，其实，我第一眼就注意到了。范实之类的男人虽然会吹奏一点儿筚篥①，但一聊到好色之事……算了，不管那家伙。现在我只想考虑女侍从的事情……要说美中不足，那就是她的面容显得过于孤寂。如果说只是过于孤寂，其中应蕴含一种古画般的优雅之处，但那反倒类似于不为所动的薄情。不论怎么想，都让人心有惴惴。即便是女人，面带那种神情的，都格外自以为是；而且，她的肤色也不白皙，虽不至于说浅黑色，至少也带有琥珀色。不管何时看见她，她总是风姿绰约，分外显眼，让人情不自禁想去搂抱，这的确是其他女人难以效仿的……"

穿着裤裙的平中直起身，出神地望着屋檐外的天空。天空在锦簇的花丛中投下柔和的淡蓝色。

"即便如此，近来不管我怎么给她捎去书信，都石沉大海，即便矫情，难道不也要有个限度吗？说起来，一般女人在收到我写的第三封信时，就会投怀送抱了。即便偶尔有倔强之人，我也从没写过第五封。那个慧眼法师的女儿，我只写了一首诗就搞定了。那还不是我写的诗，谁写的呢？对了……是义辅写的。听说义辅写了那首诗，送给一个青涩的小女官，结果没被人家当回事，但如果

---

① 雅乐用的管乐器，前面有7个指孔，后面有2个指孔，竖着吹奏，奈良初期由中国传到日本。

我写同样的诗……不过,即便我写,那个女侍从也没回信,没什么值得骄傲……一般女人会回信,如果回信,就能相见。一旦相见难免不会骚动,骚动后……很快就腻烦了。大体就是如此循环。然而,这个把月来,我已经给女侍从写了近二十封书信,对方却只字未回。即便出自我手,情书的文体风格也不可能再有翻新,恐怕就要江郎才尽。但今天捎去的书信中,我是这么写的,'至少让我看见两个字——已阅',或许这次有回音吧。依旧没有?如果这次还没有回音……哎呀,至少此前,我不是没有骨气的人,竟然为如此事大伤脑筋。听说丰乐院的老狐狸变成了女人,我觉得她就是被那只狐狸迷了心窍。即便同是狐狸,奈良坂的狐狸变成需要三人合抱的杉树,嵯峨的狐狸变成牛车,高阳川的狐狸变成女童,桃园的狐狸变成大池子……狐狸的事怎么都行。哎,我刚才都在想什么?"

平中仰望天空,稍稍忍住不打哈欠。西斜的阳光下,不时有白色东西从花丛掩映的屋檐处翻飞过来。某处传来鸽叫声。

"总之,我可能会败在那个女人身上。即便不单独见面,只要说一次话,我或许就能手到擒来,更别说厮守一夜……不管那个摄津，还是小中将，与我未曾相识前，一直讨厌男人，但经过我的调教，不就喜欢上了男人吗？女侍从不是金属佛像，也不会自视太高。不过，真到关键时刻，那个女侍从不会像小中将那样害羞吧，也不会像摄津那样忸怩作态吧。她肯定用袖子遮住嘴巴，只有眼睛里露出浅笑……"

"大人。"

"反正是晚上，在矮烛台什么的上面会点着蜡烛，那烛火照在那女人的头发上……"

"大人。"

平中惊慌失措地把戴着鸟帽子的头扭向身后。侍童不知何时已站在那里，垂着眼，递上一封书信，似乎强忍着笑。

"有消息啦？"

"是的，侍从大人捎来的……"

说完，侍童赶紧从主人面前退下。

"侍从大人捎来的？当真？"

平中几乎是战战兢兢地打开薄薄的蓝色信笺。

"难道是范实、义辅的恶作剧？那帮家伙都是闲人，最喜欢干这类事情……哎呀，这是侍从的信，肯定是侍从的信……但，这书信，这叫什么书信啊？"

平中扔掉信笺。平中捎过去的信上写着"至少让我看见两个字——已阅"，而这封信就只有两个字"已阅"……而且，这两个字还是从平中的信上剪裁下来，贴在蓝色信笺上的。

"啊，啊，号称天下第一好色者的我，被如此耍弄，真是颜面全无。话说回来，这个侍从不也是一个面目可憎的女人吗？你给我记着，看我怎么收拾你吧……"

平中手抱双膝，茫然地望着樱花树梢。被风吹落的片片樱花凋落在那飘飞的蓝色信笺上。

三 雨夜

又过了两个月，在一个阴雨连绵的夜晚，平中独自一人悄悄来到本院的女侍从房间。大雨滂沱，夜空似乎都要溶化其中。道路与其说泥泞，不如说水漫金山。如此夜晚，特意前往，就算侍从再无情无义，也应该怜惜几分……平中这么想着，悄悄凑到侍从房门口，摇摇银扇，清清嗓子，提醒里面人开门。

很快,一个十五六岁的女童走出来,早熟的脸上涂着粉,睡眼蒙眬。平中把脸凑过去,小声拜托女童给侍从传话。

进入房间的女童很快又回到门口,依旧小声地回答道:

"请在这里稍等。等大家休息后就来见您。"

平中情不自禁地露出微笑,在女童的引导下,挨着拉门坐下,旁边好像就是侍从的起居室。

"我还是聪明啊。"

女童退下后,平中独自傻笑。

"就算女侍从,看来这次也终于被打动了。总之,女人这个生物容易悲天悯人。只要对她们表现出诚意,很快就能将其收入囊中。恰恰因为义辅和范实之流不知道关键所在,所以不管怎么说……等等,今晚能见面,总觉得事情进展过于顺利……"

平中渐渐不安起来。

"但如果她不见我,也就不会说这样的话。难道我想多了?不管怎样,我连续不断地给她捎去六十多封信,却没收到一封回信,多疑也正常。不过,如果我没有想多……再仔细想想,又觉得自己并没多疑。即便女侍从被诚意打动，但之前毕竟对自己还是不理不睬的……但不管怎样，对象是我呀。或许她觉得自己能被平中如此惦挂，封冻的内心突然融化了也未尝可知。"

平中整整和服衣襟，战战兢兢地打量着周围，身边除了黑暗，看不见任何东西，只听见大雨打在柏树皮屋顶上发出的声响。

"如果觉得自己乱想，似乎就是乱想了，如果自己不乱想……不，如果自己乱想，也许那些乱想的事情就不会发生；如果自己没有乱想，说不准乱想的事情就会发生。命运就是捉弄人。如此看来，还是拼命觉得自己没有乱想吧，那样那个女侍从就……哎呀，大家好像都要就寝了。"

平中侧耳倾听，猛地注意到伴随着连绵的雨声，传来嘈杂的人声，那些聚集在内院的女官们似乎正返回各自的房间。

"此时此地的等待是值得的。再过半个钟头，我就可以轻松地一解平素相思情，但内心深处还是觉得无法安心。对了，这样就好，如果觉得不能相见，就能意外相逢。但是，捉弄人的命运或许会看透我心中的小算盘。那么，就认定能相见？但是，处处打小算盘，恐怕反倒不能如愿……哎呀，我胸口都疼了。索性考虑一些和侍从无关的事。每个房间都鸦雀无声，只传来雨声。那么，赶紧闭上眼睛，想想有关雨的事。春雨、梅雨、雷阵雨、秋雨……有秋雨这个词吗？秋雨、冬雨、屋檐雨、漏雨、雨伞、求雨、龙王、雨蛙、雨罩、避雨……"

正在考虑这些事情的时候，意想不到的声响传入耳中，让平中吓了一跳。不，不仅是吃惊，听到如此声响，平中满脸喜色，比那些迎来阿弥陀佛的虔诚和尚还要高兴。因为拉门对面清晰传来有人打开门扣的声音。

平中试着拉一下门，不出所料，拉门沿着门坎顺畅滑开。对面一片黑暗，弥漫着一种不知从哪里传出的香味，让人觉得神奇。平中轻轻关上拉门，跪在地上，摸索着朝里面移动。但在这片妖媚的黑暗中，似乎空无一人，只听见天花板上的雨声。偶尔碰到什么，那也都是衣架、梳妆台之类的东西。平中渐渐感到心跳加快。

"在吗？如果在，应该会说点什么。"

正想着，平中的手偶然触碰到女人柔软的手，接着摸索，触碰到丝绸上衣的袖口，触碰到衣服下面的乳房，触碰到圆圆的脸颊和下巴，触碰到凉冰冰的头发。……平中终于在黑暗中摸索到那个独自躺在那里、令自己日思夜想的女侍从。

这不是做梦，也不是幻觉。就在平中面前，侍从穿着一件外衣，慵懒地躺在那里。平中呆若木鸡，情不自禁地颤抖起来，但侍从看上去依旧纹丝不动。平中觉得某个故事集好像描述过这种场景，也可能是几年前借着正殿的灯火在某个画卷中看过这种场景。

"不胜感谢。不胜感谢。之前，我还觉得你冷酷不已，但从今往后，我要把身家性命奉献给你，而不是佛祖。"

平中把侍从揽到身边，想在她耳边轻声说这样的话，但不管他如何心急火燎，舌头就贴着上颚，依然无法发出像样的声音。很快，侍从头发上的香气、温润肌肤的体香将毫无保留地环绕在他的周围。……平中正想着，侍从轻微的喘息吹拂到他脸上。

一瞬间……这一瞬间一旦过去，他们一定会沉浸在情爱的暴风雨中，会把雨声、熏香的气味、本院大臣、女童统统抛之脑后。但就在这节骨眼上，侍从抬起上半身，把脸凑到平中的脸面前，害羞地说起来："等等，那边的拉门还没有上锁，我把门扣放下再回来。"

平中只是点点头。侍从轻轻地站起身朝门口走去，将令人陶醉的温香留在两人的被褥中。

"春雨、侍从、如来弥陀、避雨、屋檐雨、侍从、侍从……"

平中眍着眼睛,考虑着许多连自己都不明白的事情。对面的黑暗中传来门扣上锁的声响。

"龙王、香炉、雨夜鉴赏、'黑夜赏黑玉,真容何曾识,不及梦中人,依稀尚可见''即便只有梦'……怎么回事?门扣不是已经放下了吗……"

平中抬头一看,和方才一样,周围是一片悄无声息的黑暗,只弥漫着不知从哪儿传来的香气。侍从去了哪里?连衣服摩挲的声响都没有。

"难道是……不,说不定……"

平中爬出被褥,又像方才那样摸索起来,来到对面的拉门处。拉门被人从外面牢牢地锁上了。平中侧耳倾听,也没听见脚步声,滂沱大雨中,所有房间都是一片寂静。

"平中,平中,你不是天下第一好色者,你什么都不是……"

平中靠在拉门上,神思恍惚地嘟哝着。

"你长得也丑,才气也大不如前。你比范实、义辅还要没出息,让人看不上……"

四　好色问答

这是平中两个朋友——范实和义辅之间的一段无聊闲谈。

义辅："就连平中也没搞定那个女侍从，是吧？"

范实："据说是这样。"

义辅："好好给那家伙一个教训。除了女御①、更衣②，那家伙对其他女人都要染指。稍微给他一个教训也好。"

范实："是吗，你也是孔子的弟子？"

义辅："我不知道孔子的教诲，但知道有多少女人因为平中而痛哭流涕。顺便加上一句，有多少痛苦煎熬的丈夫，有多少生气发火的父母，有多少怨声载道的家臣，这些我都知道一些。对于这种殃及众人的男人，当然应该要大鸣大放地谴责一番。难道你不这么想吗？"

范实："不能光这样。诚然，或许因为平中一人，所有人都受到影响。但那个罪过不应该由平中一个人背负，

---

① 后宫的女官，地位比更衣高。
② 后宫的女官，地位次于女御，主要负责为天皇换穿衣服。

难道不是吗?"

义辅:"那还要由谁来背负?"

范实:"由女人来背负。"

义辅:"让女人背负,着实可怜。"

范实:"让平中背负,不也可怜吗?"

义辅:"你要明白,是平中引诱人家的。"

范实:"男人在战场上正面对决,女人趁人酣睡,砍下头颅。都是杀人罪,有不同吗?"

义辅:"你竟然帮着平中。有一点可以确定吧,我们没有让世人痛苦,平中让世人痛苦了。"

范实:"那也不清楚。我不知道究竟是什么因果关系,我们人类如果不互相伤害,就一刻也不能生存下去。只不过,平中比我们更让世人受苦。这就是那种天才无可奈何的命运吧。"

义辅:"别扯了。平中要是天才,这个池里的泥鳅也能变成蛟龙了。"

范实:"平中的确是天才。你看看他的长相,你听听他的声音,你读读他的文章。如果你是女的,可以和那个男人相处一个晚上。他和空海上人①、小野道风②等人一样，从离开娘胎起，就具有非凡的能力。如果说他不是天才，天下就没有天才呢。在这一点上，像你我二人，终究无法和平中匹敌的。"

义辅："但是，但是就像你所说的，天才不会尽做造孽的事，难道不是吗？比如说，看见道风的书法，我们会被那难以言表的笔力所打动，听见空海上人念经……"

范实："我可没有说天才尽做造孽的事，我说的是也会造孽。"

义辅："那么，那些天才就和平中不一样了，不是吗？那家伙干的全是造孽的事。"

范实："那我们就不一定懂了。对于一个连假名都写不好的人而言，道风的书法也很无聊，不是吗？对于一个完全没有信仰的人而言，与空海上人的诵经相比，或许木偶戏中的曲调更有趣。要了解天才的功德，我们也要具备相当的资格。"

义辅："这的确如你所说，但这个平中高人的功德是……"

---

① 日本佛教高僧，真言宗创始人，谥号弘法大师。
② 日本平安中期的书法家。

范实:"平中不也一样吗?那个好色天才的功德,或许只有女人明白。刚才你说有多少女人因为平中而痛哭流涕,但我想反过来说,不知有多少女人因为平中而体味到无上欢悦;不知有多少女人因为平中切身体会到生存的意义;不知有多少女人因为平中明白牺牲的宝贵;不知有多少女人……"

义辅:"好了,你已经说得够多了。如果按照你的理论,稻草人也能成为身披铠甲的武士。"

范实:"如果像你这样嫉妒心强,会把身披铠甲的武士想成稻草人的。"

义辅:"嫉妒心强?哎呀,这个词让我挺意外。"

范实:"你没有像责备平中那样责备淫荡女人,不是吗?即便你嘴上责备女人,或许心里也没有责备。这是因为大家都是男人,不知不觉地就会产生嫉妒心。我们拥有不为人知的野心,如果能变成平中,都想成为平中。因此,与谋反者相比,平中更招我们憎恨。想到这儿,就觉得他可怜。"

义辅:"那么,你也想成为平中吗?"

范实:"我?我不太想。所以,我看待平中比你看待平中要客观公平。平中如果拥有一个女人,很快就会腻烦，又会可笑地迷恋其他女人。那是因为总有一个巫山神女般的绝代佳人形象朦胧浮现在平中的心里。平中总是想在世间女子身上看到那种美丽。实际上，当他迷恋时，他能看到，如果见了两三次，那种海市蜃楼就会崩塌。因此，他才会不停地从一个女人转移到另一个女人，乐此不疲。但在现实社会中，应该没有那种美人，平中的一生最后将以不幸告终。在这点上，也可以说你和我要比他幸福得多。不过，平中之所以不幸，恰恰因为他是个所谓的天才。不是平中一人这样，空海上人、小野道风等人或许也和那小子相似。总之，要想幸福，最好是一个凡夫俗子……"

五　对待粪便都叹为观止的男人

平中独自孤寂地站在空无一人的走廊上，那里靠近本院侍从的房间。即便看看那照在走廊栏杆上的油脂色阳光，就能感到今日暑气又加重了。屋檐外的一棵棵抽绿的松树静静地守护着清凉。

"侍从不待见我。我也对她死心了……"

平中面色苍白，迷迷糊糊地考虑着这件事。

"但不管怎么死心，侍从的形象如幻影一般，总在眼前浮现。那个雨夜以来，为了忘记她的样子，我不知道向多少神佛祈祷过呢。但是，去加茂神社，那镜子里会栩栩如生地出现侍从的脸庞；进入清水寺的内殿，观世音菩萨的身姿就直接变成了侍从的样子。如果侍从的影子不从我心里消失，我或许就会焦躁而死，肯定会死的……"

平中长长地叹口气。

"但要忘却她的样子……只有一个办法，就是发现那个女人丑陋的地方。侍从不是神仙，也会有许多丑陋之处，只要发现一点，侍从给人造成的幻觉就会崩塌，恰如变成女官的狐狸被人发现尾巴一样。不过，无人会告诉我，她何处丑陋，何处不洁。啊，大慈大悲的观世音菩萨，请给我启示吧。给我证据吧，她其实和河边女乞丐完全一样……"

平中就这么想着，无精打采地抬起眼。

"哎呀，从那里走过来的不是侍从房间的女童吗？"

那个模样机灵的女童上身穿着一件瞿麦图案的薄褂，下身穿着色彩鲜艳的裙裤，正朝这边走来。她手里拿着扇子，红扇面的后面似乎藏着一个匣子，或许是去倒掉侍从的粪便吧。见此情景,一个大胆决定如闪电般划过平中心头。

平中眼神一变,挡住女童去处,夺过匣子,朝走廊对面一个无人房间跑去。女童猝不及防,带着哭腔喊着,忙不迭地追过来。但是,一冲入房间,平中就迅速合上拉门,放下门扣。

"没错,看看这里面,百年相思情就会在一瞬间灰飞烟灭……"

平中用颤抖的手轻轻揭开盖在匣子上的熏香薄纱。出乎意料的是,这个匣子是一个精美崭新的漆制品。

"侍从的粪便在里面。同时,还有我的命……"

平中伫立在那里,直勾勾地望着美丽的匣子。女童还在屋外低声啜泣着。但是,不知不觉中,那哭声被令人压抑的沉静所吞没。而那拉门、拉窗也渐渐如雾霭般消失。平中甚至无法分辨现在是白天还是晚上。现在,唯一在他眼前清晰浮现出来的只有一个杜鹃鸟图案的匣子……

"我是否能得救,是否能和侍从两不相见,宝全押在这个匣子上。只要打开这个匣盖……不,要考虑一下。忘却侍从好吗?延续没有价值的生命好吗?我难以回答。

即便焦躁而亡,也不要打开这个匣盖,好吗……"

在平中瘦削的脸颊上泛着泪光,再一次不知所措。但沉思片刻,平中眼睛一亮,在心里拼命叫喊起来:

"平中!平中!你究竟没出息到什么地步?难道要忘记那个雨夜吗?或许侍从如今还在嘲笑你的相思呢。活下去!活出个人样!只要看见侍从的粪便,你就一定能胜利……"

平中几乎像个疯子,终归是打开了盖子。里面有半匣子水,散发出淡香,而底部则沉淀着两三块散发出浓香的东西。如同梦境一般,丁香的气味直冲鼻子。这就是侍从的粪便吗?不,即便是吉祥天女①也不可能有这样的粪便。平中皱着眉头,抓起浮在最上面、两寸左右的东西,几乎凑到胡须附近,反复闻了闻。毫无疑问,那是最上等沉香的气味。

"这是怎么回事?!这个水还是香的……"

平中把匣子倾斜过来,微微啜了一口。毫无疑问,那是反复烧煮丁香后澄净出来的汁水。

"如此说来,这也是香木吗?"

平中咬咬刚才抓上来的两寸左右的东西,顿时,一

---

① 婆罗门教与印度教中的幸福与财富女神。

股甘苦掺杂的味道渗入齿间,而且,他的嘴巴里很快就充满一种比柑橘花更加清凉的、难以言表的气味。侍从是如何察觉到平中的企图的呢?为了粉碎他的阴谋,制作了香料工艺的粪便。

"侍从!你杀死了平中!"

平中呻吟着,带有漆画的匣子"啪"地掉在地上。接着,平中像佛像一般直直地倒在地上,垂死的眼眸中浮现出侍从的身姿:她被紫金光环围绕,冲他恬然微笑。

1921 年 10 月

俊宽

俊宽曰：……神明无他，唯在吾等一念。……唯有修行佛法，方能超越生死。

——《源平盛衰记》

俊宽曰：思虑愈深，信念弥坚。"海边陋室柴门，亦愿挚友一览"。

——《源平盛衰记》

一

关于俊宽①的传闻吗?像俊宽这样被世人以讹传讹的情况绝无仅有吧。不,不仅是俊宽的传闻,就连我——有王②本人的事情不也被传得面目全非吗?就在前段时间,我还听到一个琵琶法师弹唱,说俊宽大人忧愁过度,头撞岩石,发疯而亡;说我扛着他的遗骸,投海而亡。另一个琵琶法师说得煞有其事——俊宽大人和那个岛上的女人结为秦晋之好,生了许多孩子,日子过得比在京城时快乐。前一个琵琶法师说的是无稽之谈,他知道我有王还活在世上吗?后一个琵琶法师讲述的事情也是胡编乱造。

琵琶法师这类人,都自以为是,谎话连篇。但我不得不说,那谎话编得有模有样。当听到俊宽大人和孩子们在竹房中嬉戏玩耍时,我情不自禁露出微笑;当听到他在涛声震天的月夜疯狂而亡,我不由落下泪水。虽说

---

① 平安末期真言宗僧人,仁和寺法印宽雅之子,后白河上皇的近臣,传说1177年同藤原成亲等密谋消灭平家,因事情败露和平康赖一起被流放到鬼界岛,后死于该岛。
② 俊宽的忠实仆人,据《平家物语》,他曾到鬼界岛寻找俊宽,并在俊宽死后将其遗骨存放于高野山,自己则出家为主人的亡灵祈祷冥福。

是谎言，但琵琶法师讲述的那种谎言，恐怕会像琥珀中的虫子一般，传至后世。如此看来，正因为有这些谎言，如果我现在不讲述俊宽大人的真实情况，琵琶法师的谎话不知何时或许弄假成真——您这样说的，对吗？的确如此。好在长夜漫漫，我可以把自己千里迢迢前往鬼界岛探访俊宽大人时的事情说出来。不过，我讲述的远不如琵琶法师精彩。我的优点就在于讲述亲眼目睹的真相，绝不添油加醋。那么，也许令人感觉无聊，还是请您花时间听一下。

二

治承三年（1179年）五月底，一个多云的午后，我来到鬼界岛。折腾半天，日暮时分，我总算见到了俊宽大人。关于这点，琵琶法师也这么讲述的。我们在人迹罕至的海边相见，那里相当寂寥，只有灰白海浪在沙滩上涨涨退退。

当时，俊宽大人的样子——对，世人如此传说——"若说青春年少，却样貌苍老；若说是法师，头发依然向上长得繁茂，白发很多。身上全是灰尘和藻屑，也没有掸一掸。脖子细长，肚子鼓胀，皮肤黝黑，手脚枯瘦，似人非人"。这都是胡说八道，尤其是"脖子细长，肚子鼓胀"这句话，或许是受地狱图影响而联想出来的，也就是说，鬼界岛这地方让他们联想到饿鬼的形象吧。当时，俊宽大人的确头发很长，皮肤也被晒黑，但除此之外，一如往昔。不，并非一成不变，他看上去比过去更结实，让人觉得更可依靠。他信步海边，海风静静吹拂着袈裟的下摆，手里提着什么，原来是穿在竹枝上的小鱼。

"僧都①大人！别来无恙啊。我是有王。"

我不由自主地跑过去，兴高采烈地叫嚷着。

"哎呀，是有王吗？"

俊宽大人俨然大吃一惊，看着我。当时，我抱着主人的膝盖，喜极而泣。

"你来得好。有王！本以为今生再不能相见。"

有一阵子，俊宽大人似乎也泪眼婆娑，但很快就将我扶起来，像父母一样宽慰道："别哭，别哭。至少今天我们得以相见，也算是佛祖菩萨大慈大悲。"

---

① 僧人职位之一，位于僧正之下，律师之上，统辖僧尼，后被分为大、权大、少、劝四个等级。

"是，我不哭。大人，您的住所在这一带吗？"

"住所？住所在那座山背面。"

俊宽大人用提着鱼的手指向海边附近的山丘。

"虽说是住所，可不是柏树皮屋顶的房子。"

"明白，我懂，不管怎样，毕竟是离岛嘛……"

我刚一开口，又哽咽起来。主人一如往昔，露出温和微笑：

"不过，那房子住着还不错，那床铺，你睡上去也挺舒服。走，我们去看看。"

说着，主人愉悦地给我带路。走了片刻，我们从波涛汹涌的海边进入僻静的渔村。泛白的道路两端，榕树的垂枝上，厚叶闪亮，散落在树林间的竹房就是岛上土人的屋子。看见这些人家的熊熊炉火以及久违的人影，我觉得好怀念，终于进村了。

主人不时扭头告诉我。这家是琉球人，那里是猪圈等。尤其令我欣喜的是，那些乌帽子[①]也不戴的土人，不论男女，但凡看见俊宽大人，必定低头行礼。特别是在一户人家门口，连追着鸡的小女孩也鞠躬致意。我欣喜的同时，也觉得纳闷，悄悄问主人，这里面有什么原因吗？

---
① 元服后男子戴的袋状黑帽子。

"按照成经大人或康赖大人的说法,岛上的土人如同鬼怪,不知情义……"

"原来如此,京城人肯定那么认为。不过,我们虽是流放之身,毕竟来自京城。不管哪个朝代,穷乡僻壤的人们看见京城来客都会低头行礼。不管是业平的朝臣,还是实方的朝臣,大同小异,不是吗?如果像我一样,那些京城人流落到东北地区或陆奥地区,或许反倒是一次快乐的旅行。"

"不过,我听说实方的朝臣就算隐退,依然迷恋京城,最终变成后宫麻雀。不是吗?"

"散布这种传闻的人,和你一样,是京城人啊,都是把鬼界岛的土人想成恶鬼的京城人啊。看来,那些传闻都靠不住。"

此时,又有一个女人冲着主人低头行礼,她站在榕树阴下,手抱幼子,或许因为树叶遮挡,她那着红色单衣的身姿在夕阳下若隐若现。主人冲着她温柔地点点头,小声告诉我:"那就是少将的夫人。"

我大吃一惊。

"您说夫人?她和成经大人是夫妻?"

俊宽大人微微一笑,冲我点点头。

"怀中的孩子也是少将的血脉。"

"原来如此，刚才我看到她，就觉得长相秀美，和这个穷乡僻壤不相称。"

"什么，长相秀美？秀美长相是什么样？"

"怎么说呢，眼睛细长，脸颊饱满，鼻梁适中，面容沉稳……"

"那也是京城人的爱好。在岛上，大眼睛、瓜子脸、鼻梁略高、面庞紧致的人反倒受欢迎。因此，这里没有人觉得她好看。"

我不禁笑起来。

"土人的悲哀处就在于不知审美。如此说来，如果给他们看京城美女，岛上的土人会嘲笑她们都是丑女。对吗？"

"不，岛上土人不是不懂美，爱好不同罢了。不过，提到爱好这东西，也不能保证亘古不变。如果想要证据，可以参拜各个寺庙的佛祖形象。三界六道的教主、十方最胜、光明无量、三学无碍、引导芸芸众生的能化、南无大慈大悲的释迦牟尼如来，它们那三十二面相、八十姿态都会随时代发生诸多变化。神佛尚且如此，关于美人的界定也会随时代而改变。即便京城，或许之后五百年，之后一千年，总之，在人们的爱好发生改变时，别说岛上的女土人，恐怕连南蛮北狄女人的那种可怕面容都会大受欢迎。"

"不会发生那种事吧。不管何时，我国还会保持原样。"

"我国的样子也会因为时间和地方而发生改变。例如，我们当代美女的面容就和唐朝佛像如出一辙。这就是证据，证明京城人的审美观效仿中国唐朝，不是吗？再过几个时代，或许皇上就会被金发碧眼的胡女迷得魂不守舍。"

我情不自禁地露出微笑。主人之前也如此循循善诱。"不仅身姿风采依旧，内心也一如往昔。"想到这儿，我感觉耳边传来远方都城的钟声。主人在榕树阴下缓步前行，又和我说起一件事：

"有王，你知道我来到这座岛，最高兴的事是什么？就是每天再也不会听到那个烦人老婆唠叨抱怨。"

三

当晚，借着灯台烛光，我享用主人的饭菜。本不敢造次，但这是主人的命令，加上旁边还有一个兔唇孩童负责伺候主人饮食，我负责作陪。

房间周围有竹廊，整体结构像僧庵，竹廊前挂着帘子，外面种着竹林，就连山茶花油燃烧产生的光亮也照不到那里。屋内不仅有皮箱，还有佛龛和桌子。皮箱是离京时携带的，佛龛和桌子都是岛上土人制作的，谈不上精美，但据说是琉球的红木工艺。佛龛上，除了经文，还端放着一尊金光闪闪的阿弥陀佛如来像。这就是康赖大人返京前，留给主人当念想的。

俊宽大人惬意地坐在圆草垫上，吃了许多菜。毕竟这里是小岛，醋和酱油的味道自然无法与京城相比，但菜肴都很稀奇，汁料、生鱼片、炖汤、水果，我几乎都不知道名字。主人看我呆若木鸡，连筷子都没拿，开怀大笑，向我介绍起来：

"汤汁味道如何？那可是本岛名产，叫臭梧桐。你可以尝尝这条鱼，这也是名产，叫永良部鳗。那个盘子里的白颈鸟——对，对，就是那个烤肉——你在京城没见过吧。白颈鸟这东西，背部蓝色，腹部白色，体形和鹳完全一样。岛上土人建议吃它，可除湿气。那芋头也格外好吃。名字嘛？叫琉球芋。梶王他们几乎每天不吃饭，就吃它。"

梶王就是我刚才提到的兔唇孩童的名字。

"你都夹着尝尝。每天喝粥就能得道,这想法是佛门常有的错误认识。释迦佛祖成道时,不也接受放牛女难陀婆罗的乳糜吗?如果他空腹坐在菩提树下,魔王波旬或许就不会派三个女儿来,而是洒下六牙象王①的味噌汤、天龙八部②的醴糟、天竺国的美味佳肴。'饱暖思淫欲'原本就是我们凡夫俗子的本性,给吃过乳糜的释迦牟尼送上三个女子,魔王波旬也是令人佩服的高人。但他的可悲处就在于忘记乳糜是女人送给释迦的。放牛女难陀婆罗给释迦献上乳糜。释迦之所以能进入佛道,与六年雪山苦行相比,这更加重要。'取彼乳糜,如意饱食,悉皆净尽'——在《佛本行经》第七卷中,像这样表达感谢的地方并不多见。'尔时菩萨食糜已讫,从座而起。安庠渐渐向菩提树'。注意'安庠渐渐向菩提树'这句话,释迦佛祖看着女人,饱食乳糜的端庄形象是不是栩栩如生浮现在眼前呢?"

---

① 据《因果经》等载,释迦牟尼降生人间时,乘六牙象王。其母梦到六牙象王来到腹中,遂生释迦牟尼佛。
② 佛教术语,天龙八部都是"非人",包括八种神道怪物,因为"天众"与"龙众"最为重要,所以称为天龙八部。

俊宽大人开心地吃完晚饭，又把圆草垫移到凉爽的竹廊附近，催促我："如果肚子填饱了，就和我说说京城的消息。"

我不禁垂下眼，虽然之前已做好思想准备，但一旦开口，心里还是觉得发怯。主人满不在乎地把芭蕉扇拿在手中，再次催促起来："怎么样？我老婆还总发牢骚吗？"

我只能埋着头，说起主人不在时的各种变故。主人被抓后，侍从都逃之夭夭；京城的宅子和鹿谷的山庄都被平家武士抢走；去年冬天，夫人去世；公子染上重疾天花，随夫人而去；如今家人中，只有公主一人隐居在奈良的姑妈家。说着说着，我眼前的灯火不知不觉变得模糊。屋前的帘子、佛龛上的佛像……也看不清楚。终于，说到一半，我泣不成声。主人一直默默听着，听到公主处境时，突然担心起来，把袈裟下的膝盖靠近过来：

"公主怎么样？习惯姑妈家吗？"

"是的。感觉她们相处融洽。"

我哭着，向俊宽大人递上公主的亲笔信。来这里时，听说船舶在门司、赤间关离港时会接受严格检查，我就把这封信藏在发髻中。主人赶紧展开信函，借着灯台烛光，时不时小声念起来：

"……世事艰辛,心中郁结。……三人同被流放一岛,为何唯独您孤身滞留……京城亦无依靠,如花草干枯……目前在奈良姑妈身边。……生活差强人意,容身局促,想必您能想象。……这三年,您如何坚强度日,小女亦无从得知。……唯愿您早日返京。百般思念,千般想念。……小女敬上……"

俊宽大人把信放在一边,叉着手,呼吸沉重:

"公主应该十二岁吧。虽然我不留恋京城,但还想见一次女儿。"

我虽能体谅主人心境,但也只会擦拭眼泪。

"不过,如果无法相见,别哭!有王。不,你想哭就哭吧。这尘世有许多悲哀事,如果你都要哭,恐怕哭不过来。"

主人缓缓地背靠在身后的黑木柱上,孤寂微笑着:

"老婆死了,儿子也死了,或许一生也见不到女儿。宅子和山庄也不属于我。独自在离岛上等待老去。这就是我现在的状态。不过,承受如此苦难的,绝非我一个人。我一个人坠落苦难大海,这种想法与佛家弟子也不相称。'增长傲慢,尚非世俗白衣所宜'。因为历经艰难而在内心觉得自己了不起的想法肯定也是罪孽。摒弃这种念头,才会明白,凡世间像我一样受苦受难之人,比恒河岸边的沙子还多。不,只要出生在人世,即便没被流放到岛上,也会和我一样,发出孤独哀叹。作为村上家族的第七王子、二品中务亲王的六代子孙、仁和寺法印宽雅的儿子、京城源大纳言雅俊卿的孙子,我这个俊宽独一无二,但天下还有一千个俊宽、一万个俊宽、十万个俊宽、百万个俊宽被流放着。"

说着说着,俊宽大人的眼中又闪现出愉悦的神色。

"如果一个盲人在京城一条街和二条街的交叉路口彷徨不安,世人会觉得可怜。但如果放眼望去,京城内外都是盲人,难以计数,有王,你会怎样?换作我,首先就会笑出声。我被流放到岛上也一样。一想到遍布四方的俊宽们又哭又叫,都觉得只有自己一人被流放,我就会含泪笑出来。有王,既然知道三界一心①,那么首先要学习笑。要学习笑,首先要摒弃因为历经艰难而觉得自己了不起的想法。佛祖出世就是来教我等众生笑的。佛祖圆寂时,摩诃迦叶②不就笑着吗?"

不知何时,我脸颊上的眼泪已经干了。主人隔着帘子,

---

① 所谓三界,就是欲界、色界、无色界,三界都由一心定生灭。
② 摩诃迦叶是佛祖的十大弟子之一。

眺望远方星空，若无其事说道："你回到京城，就和公主说，不要叹气，要学会笑。"

"我不回京。"

我眼中再次浮现出泪水。主人刚才的话让我生气，这是生气的眼泪。

"我打算在您身边伺候，就像在京城时一样。我舍弃年迈母亲，也未和兄弟姐妹细说，不远千里来到这个小岛，不就是为了伺候您吗？我像您说的那样惜命如金吗？我看上去是那种不知报恩，不干人事的人吗？我是那种——"

"我觉得你不笨。"

主人又像方才那样，微笑起来。

"如果你留下，谁能告诉我公主是否安好？我即便一个人也没什么不便，何况还有梶王那孩子。我这么说，你不会嫉妒吧？他是无依无靠的孤儿，是流放到岛上的小俊宽。只要有便船，你尽早返京。另外，今晚，我会把自己在岛上的情况告诉你，回去转述给公主。你怎么又哭呢？好吧，你就哭着听我说。我只能独自笑着，说下去喽。"

俊宽大人悠然自得地摇着芭蕉扇，讲述岛上的生活。

从屋前挂着的帘子处微微传来虫子爬动的声响,或许那些虫子循着烛火而来。我低着头,认真倾听主人的讲述。

四

"治承元年(1177年)七月,我被流放到岛上。我从未和成亲卿密谋夺取天下。被关进西八条后,又突然被流放到这个岛,起初,我愤愤不平,茶饭不思。"

"京城的传闻是——"

我打断主人的话头,

"说您是谋反集团的一员……"

"他们肯定这么想。听说把我也算作成亲卿集团一员。我不是小集团的人。我甚至不知道,是净海入道①统治天下好,还是成亲卿统治天下好。成亲卿比净海入道更加乖张,可能反而不适合治理天下。我只说过——与其平家统治天下,不如无为而治。

"源平藤橘②,不管谁家执掌天下,都不如无为而治。

---

① 太政大臣平清盛,后出家,法号净海。
② 四个家族的简称,分别是源氏、平氏、藤原氏、橘氏。

你可以看看岛上的土人。不管源氏天下,还是平氏天下,他们都一样吃芋头,一样生孩子。天下百官觉得如果没有官员,天下就会灭亡。那只不过是官员们自以为是罢了。"

"如果您治理天下,或许完美呢。"

俊宽大人眼中浮出笑意,似乎反射出我的微笑:

"成亲卿治理天下也一样,或许还不如平家治理天下。为何这样说呢?因为净海入道通情达理。如果通情达理,就不会沉迷政治吧。不纠缠于是非曲直而做春秋大梦,这正是高平太①的长处。小松内府②等人只是小聪明,一旦治理天下,要比净海入道低好几个档次。据说内府大人也疾病缠身,为平家一门考虑,他还是早点离世为好。另外,我也无法摆脱食色两性,和净海入道相似。像我这种凡夫俗子夺取天下,对芸芸众生并非好事。所谓人界变净土,只能等待佛祖治理天下。我一直这么想,所以压根没有谋取天下的念头。"

"但当时,您几乎每晚去中御门高仓大纳言大人那里。"

我望着俊宽大人,似乎责备他不谨慎。当时,主人似乎不理会夫人的担心,晚上很少在自己宅邸休息。主

---

① 平清盛的小名。
② 平清盛的儿子平重盛,宅邸位于京都市的小松。

人依旧一本正经地摇着芭蕉扇。

"那就是凡夫俗子的可悲处。当时,他家有一个叫鹤前的女侍童。她像大魔附体一般抓住我的心,令我无法脱身。可以说,因为那女人,我一生的不幸从天而至。被老婆打嘴巴,被没收鹿谷的山庄,最后被流放到岛上。不过,有王,替我高兴吧。即便我沉迷鹤前,也并未成为谋反集团的一员。在古今圣者中,对女人产生爱恋的例子比比皆是。连阿难尊者[①]也被擅长幻术的摩登伽女迷惑。龙树菩萨[②]在俗世时,为抢夺王宫美女,还修炼隐形术。然而,不管天竺、中国还是日本,从未听闻圣者谋反。没听说也正常。迷恋女人,不过是释放五根之欲;意图谋反,则要具备贪嗔痴三毒。圣者即便释放五欲,也不会沾染三毒。如此看来,我的智慧之光即便因五欲而黯淡,却并未消失。好了,闲话不提。我来岛上时,每天愤恨不平。"

"一定吃了不少苦吧。饭菜不用说,连换洗衣服肯定也不方便吧。"

---

① 释迦牟尼的十大弟子之一。
② 在印度佛教史上被誉为"第二代释迦",领导了大乘佛教的复兴。

"春秋两季,肥前国①的鹿濑庄会把衣服和食物送到少将处。鹿濑庄是少将岳父平教盛的领地。过了一年,我也习惯了岛上生活,但要忘却心中愤怒,同行两人是障碍。丹波少将、成经他们不是闷闷不乐,就是昏昏沉沉。"

"成经大人还年轻,想到自己父亲的悲惨命运,唉声叹气也自然。"

"说什么呢,少将和我一样,是无所谓天下大势的男人。他觉得弹琵琶,赏樱花,给美人赠诗,那就是天堂。因此,他只要见到我,就会不停埋怨谋反的父亲。"

"我听说康赖大人和您亲近——"

"这也是刺头。康赖觉得不管何事,只要许愿,天地众神、各方菩萨都会对他言听计从,赐福垂青。换言之,在康赖的想法中,神佛和商人一样,只不过神佛不能像商人那样用金钱来出售冥佑。于是,他读祭文,供香火。这后山本有许多形态优美的松树,都被康赖砍了。干什么用呢?他制作上千根供奉用的长木牌,在上面逐一写上诗,再抛入大海。我从未看到像康赖这样贪求现世报的人。"

"即便这样,不能小觑。京城人传说那些木牌中,

---

① 相当于现在的日本佐贺县和长崎县的绝大部分地区。

一根漂到熊野,一根漂到严岛。"

"合计上千根木牌呢,有一两根漂到本土也不足为奇。如果真相信冥佑,就只漂流一根;而且,康赖在漂流上千根木牌时还煞有介事地考虑风向。有次,我听见那家伙往海里放木牌时,嘴里念叨'顶礼膜拜的熊野三所权现①,尤其是日吉山王②、王子③一族,总之,上到梵天帝释,下到坚牢地神,尤其是海内外的八部龙神,都庇护我吧',就跟在后面加了一句'还有西风大明神、黑潮权现,也要庇护我,叩首再拜。'"

"您这是调笑他呀。"

我不由自主地笑出声。

"于是,康赖生气了。他那样勃然大怒,不要说现世护佑,连来世能否进入极乐世界都令人质疑。令人棘手的是,不知何时,少将也和康赖一样,开始求神拜佛,而且不是拜求熊野、王子之类有说法的神灵。为守护一方,本岛的火山上有个叫作岩殿的小神社。他们去参拜岩殿。提到火山,我想起来,你还没有看过火山吧?"

---

① 佛为拯救众生而已人、神等暂时姿态出现在人世间。
② 这里指大津的日吉神社。
③ 从京都到熊野神社参拜途中所经过的分社和下院。

"是的。只是方才透过榕树枝，远远望见一座光秃秃的山，上面缭绕着淡红烟雾。"

"你明天和我一起爬到山顶。到了山顶，不要说这座岛，整片大海的景色都一览无遗。岩殿神社在半山处。康赖曾叫我一起去参拜岩殿，我没有轻易答应。"

"京城人传说就是因为您没去参拜，所以就被留下来。"

"是吧，或许吧。"俊宽大人煞有其事摇摇头，"如果岩殿有灵，留下我俊宽一人，让其他二人返京，那它就是灾祸神。还记得刚才我告诉你的那个少将夫人吗？那女人每天早晚都去岩殿，恳求少将不要离开本岛，但她的祈愿根本没用。如此说来，岩殿这个神灵比天魔还蛮不讲理。从佛祖出世，天魔就立下誓言，要从事各种恶行。如果天魔代替岩殿神出现在那个神社中，少将返京途中就会落海或者染上热病，总之是在劫难逃。这是让少将和那女人同时破灭的唯一途径。可岩殿神像我们人一样，既不完全从善，也不完全作恶。不过，这不局限于岩殿。奥州①名取郡笠岛的道祖②是住在京城加茂河原以西、一条大街北边的出云路道祖的女儿，在她父亲还没为她寻到婆家时，她就和京城的年轻商人结成秦晋之好，急匆匆逃亡内地。这种做法不和凡夫俗子一样吗？那个实方中将途经神灵前，没有下马，也没有礼拜，结果坠马而亡。像这种与人相似的神，尚未完全脱离五尘，不知会做出什么事，不能掉以轻心。通过这些例子就可以明白，神啊，只要没有完全摆脱人性，就没有让我等崇拜的道理。好了，这些话走题了。康赖和少将一门心思，继续参拜岩殿，并把岩殿比作熊野，将那片海边命名为和歌浦，给这个山坡命名为芜坡。他们说孩童狩鹿，不过是小孩子们追逐家犬。只有那个被他们命名为音无瀑的瀑布比真正的音无瀑更为壮观。"

"即便如此，京城人传说有瑞兆。"

"所谓瑞兆是这样的。结愿③当天，两人在岩殿前奉上贡品，山风吹动树木，两片山茶花叶子飘落过来，上面有昆虫的咬痕。据说一个虫印可看作'归雁'，一个

---

① 陆奥国的别名，相当于现在的日本青森、岩手、宫城、福岛四县和秋田县的一部分。
② 保佑旅途平安的神灵。
③ 按照事先所定天数对佛许愿或修法的最后一天。

虫印可看作'二',合在一起念就是'二归雁'。第二天,康赖兴高采烈地来给我展示两片叶子。的确,'二'这个字还说得过去,但'归雁'有些牵强。我觉得非常可笑,所以转天进山返回时,也捡拾几片山茶花叶子给他们。把那些虫印念一下,就不仅仅是'二归雁'呢,有的是'明日返京',有的是'清盛暴毙',有的是'康赖往生'。我觉得康赖也会高兴吧,未曾想——"

"他生气吧。"

"康赖就算生气也有尺度,在京城,他的舞蹈无人比肩,就算生气,也更巧妙。那男人参与谋反,肯定被嗔怒所累。嗔怒的源头,还是过分自信。在平家,高平太以下都是恶人,这边大纳言以下都是善人——康赖就这么想。那种自以为是毫无用处。正如刚才所言,我们凡夫俗子都和高平太一样。不过,康赖生气好,还是少将哀叹好,我也不知道。"

"成经大人有妻儿相伴,多少能排遣心中郁结吧。"

"他始终铁青着脸,讲牢骚怪话。看见山谷中的山茶花,竟然说岛上连樱花都不开放;看见火山顶的烟雾,就说岛上没有青山。从不说岛上存在的东西,总列举岛上没有的东西。有次,他和我去山里摘大吴风草,说:'我该怎么办？这里没有加茂川。'幸亏我家附近土地神和日吉神保佑，我当时才没笑出声。不过，我还是觉得可笑，就说：'这里没有福原牢狱，没有入道净海，可喜可贺。'"

"您这么说，恐怕少将也会生气吧。"

"哎呀，我本就希望他生气。但少将看看我，悲伤地摇摇头，说：'你一无所知，真幸福。'他这么回答，反倒比生气更让我不知所措。我，事实上，我那时也心情消沉。如果真如少将所说，我一无所知，或许就不会消沉。但我并非懵懂不知，也曾一度像少将一样，为眼中泪水感到骄傲。透过泪水一看，那离开人世的老婆俨然也是美人。想到这些，我便同情少将，但同情归同情，可笑归可笑，不是吗？因此，我笑着，想用真诚的语言安慰他。但不早不晚，少将偏在那时生气了。我刚安慰一下，他突然神情骇人地说起来：'撒谎！我原本希望你嘲笑我，而不是安慰我。'那一瞬间——难道不可笑吗？——我终于笑出声。"

"少将后来怎样？"

"即便四五天后，他遇见我，也不打招呼，再之后遇见我，只会悲痛地摇摇头，说：'哎呀，想返京啊，这里连牛车都不通。'那男人比我幸福。不管怎样，少将和康赖在这里总比离开好。两人刚返京那段日子,时隔两年,我每天又觉得无比孤独。"

"京城人谣传您何止孤独,都要哀叹而亡了。"

我尽量详细地讲述了传闻,借用琵琶法师的话,就是:"仰天伏地,悲痛至极……抓住船缆,缠在腰上和腋下,一直被船拖到身体还露出海面的地方,等海水没过头顶,俊宽大人只能无功而返,游回岸边。……虽然俊宽大人高喊'只要缆绳,我就能回去,带上我',但离港的船舶依旧绝尘而去,只留下滔滔白浪。"

这就是有关俊宽大人疯癫的一段描述。主人听得津津有味,但当我讲到他对着远离的船只不停招手这一世人皆知的场景时,主人认真地点点头:

"那也不全是杜撰。我的确招了几次手。"

"真如传闻所说,您像松浦的佐用姬一样,对他们的离去依依不舍。是吗?"

"和在同一个岛上厮守两年、无话不谈的朋友告别,依依不舍也在情理中,不是吗?但我几度招手,并不完全是不忍离别。当时,岛上的琉球人通知我船舶进港,他从海边飞奔而来,上气不接下气地说:'船……'我能听懂'船'这个词,但什么船进港,他讲的其他话,我听不懂。那男人过于惊慌,说话时夹杂日语和琉球方言,总之有船,我赶紧去海边看看。不知何时,那里聚集了许多土人,那座竖着高桅杆的自然就是接人的船。少将和康赖先我一步,跑向船边,喜不自胜,那些琉球人或许觉得两人被毒蛇咬了发狂。作为特使,来自六波罗的丹左卫门尉基安将赦免文书递给少将。他读了一下,我的名字不在其中,唯独我未被赦免。想到这儿,那一瞬间,许多事浮现心头。儿女的面容、老婆的叫骂、京城宅邸中的庭院、天竺的早利即利兄弟[①]、中国的阿阇梨[②]、本朝的实方大臣……无法一一列举。直到现在,我还觉得可笑的是,当时脑海中还浮现出拖着车的红牛屁股。我尽量装作若无其事。少将和康赖自然怜悯安慰我一番,并恳请特使让我上船。不过,不管怎样,未被赦免的人都无法登船。我保持镇定,关于唯独我没有被赦免的原因,考虑许多。高平太憎恨我。——的确没错。但高平太何止憎恨,内心还畏惧我。我不过是法胜寺的执行[③],从未掌握兵法之道,然而,天下人竟响应我的论说,高平太惧

---

① 古代印度波罗奈国的两个太子。
② 唐朝僧侣,真言宗的鼻祖。
③ 寺院管理总务的僧人头领。

怕这点。想到这儿，我不禁苦笑起来。最适合向山门①和源氏武士说教的是西光法师。我可不会为一个渺小的平家而劳神费力，心力憔悴。正如刚才所言，谁夺取天下都一样。对我而言，除一卷经文，如果再有鹤前在身边，我就心无旁骛。但净海入道才疏学浅，悲哀处就在于竟然惧怕俊宽。如此看来，我没有身首异处，只是独自留在岛上，这已经算幸运了。在我想这些问题时，船只就要离港。少将的妻子抱着婴儿，说：'请让我们上船。'我觉得那对母子可怜，就恳求特使基安，说：'不能责罚女人。'可基安毫不理会。他就是木偶人，除了职责一无所知。我不责怪他。罪孽深重的是少将——"

俊宽大人显得很生气，"啪嗒啪嗒"地扇着扇子。

"那女人像发疯一样，想方设法要登船，水手则阻止她上船，最后，那女人总算抓住了少将衣服的下摆。少将脸色苍白，狠心推开那只手。女人躺在海边，再也不愿登船，只是号啕大哭。瞬间，我勃然大怒，丝毫不逊于康赖。少将就是人面兽心的畜生。康赖目睹那种场景，也觉得此非佛家弟子所为。除了我，无人恳请少将让那女人上船。想到这儿，许多污言秽语从我口中脱口而出，

---

① 这里特指比睿山的延历寺。

时至今日,我都觉得不可思议。当然,我没有用京城孩童所说的脏话,而是一口气列举出八万法藏十二部经书中的恶鬼罗刹名字。可是,船还是眼瞅着远去。那女人还趴在地上哭,我在海边跺着脚,招手说:'回来,回来。'"

尽管主人生气,但我听着听着,还是不由自主笑出声。主人也笑起来,无可奈何说道:"于是就有了招手的传闻。那也是嗔怒作祟。当时,如果我没有勃然大怒,或许'俊宽太想返京,都发疯了'这样的话就不会口口相传。"

"此后,您就没有特别哀怨的事情吧?"

"哀怨也没有用,不是吗?而且,随着时间流逝,孤寂的感觉也逐渐消失。现在,我只希望从自己身体里找到本佛。如果能察觉'自土即净土',欢天喜地的笑声也会自然涌出,如同岩浆从火山蓬勃而出。我永远是自我拯救的信徒。对了,忘说一件事。那女人趴在地上哭,纹丝不动。那时,土人已经散去,船也快在蓝天下消失。我觉得她太可怜,想安慰一下,打算从后面把她轻轻抱起。你猜那女人怎么样?她猛地把我打倒在地上。我头晕目眩,四脚朝天,躺在那里。寄附在我身上的诸佛、诸菩萨、诸明王肯定大吃一惊。等我好不容易爬起身,那女人已经大步流星地走向村子。为何把我打倒呢?你可以问问她。或许她觉得我趁四周无人,图谋不轨吧。"

五

第二天,我和主人登上小岛的火山。之后一个月,我跟随他左右,最后还是恋恋不舍地道别,再度返京。"海边陋室柴门,亦愿挚友一览。"这是主人作为临别纪念给我写的诗。时至今日,或许俊宽大人还在离岛的竹房中,悠然自得,独自生活。或许他今晚吃着芋头,考虑着佛陀之事或天下大事。除此之外,我还听他说了许多,等下次什么时候再说给你听吧。

1921 年 12 月

竹林中

被巡捕官审问时樵夫的证词

没错。的确是我发现的那具尸体。今天早晨,我像平时那样去后山,砍伐杉树。那具尸体就在山后竹林中。地方吗?那距离山科大道大约四五百米远,是个人迹罕至的竹林,还夹杂一些小杉树。

尸体穿着浅蓝色的水干[①],戴着京城风格的黑帽子,仰躺在那里。虽然只有一刀,但因为是胸口的贯穿伤,所以尸体附近的竹叶似乎被鲜血渗红。不,血不流了,伤口好像也凝固了;而且,还有一只马蝇似乎没有听到我的脚步声,紧贴在尸体上。

有没有看见武士刀什么的?没有,什么都没有。只在旁边的杉树根处,掉了一根绳子。然后,对了,对了,除了绳子,还有一把梳子。尸体周围只有这两样东西。不过,杂草和竹子的落叶被人踩得乱七八糟。那个男人被害前,肯定狠命挣扎过。什么?有没有马?马之类的,进不去那个地方。还要隔一片竹林,才是马道。

被巡捕官审问时行脚僧的证词

我昨天的确碰见过那个被害的男人。昨天——对,下午的时候。当时,我从关山前往山科,走在半道上。那男人和骑在马上的女人正前往关山方向。女人戴着面纱,

---

[①] 日本"狩衣"礼服的一种,衣领处有两根长带,穿着时将长带系上,将下摆披入裤裙。古时为地方武士、庶民的便服,后来演化为武家礼服。

我看不清模样，只看见衣服颜色，好像是紫红色套装。马的毛色是桃花色，——鬃毛的确是披散在脸两边。马有多高？大概有四尺①四寸吧。不管怎么说，我是出家人，对计量单位不是很清楚。男人，不，他带着武士刀，还有弓箭，尤其是黑色箭筒里插着二十多支箭，就算现在，我也记得很清楚。

我压根没想到那男人会变成这样。人的生命真如同朝露，电光石火。哎呀，哎呀，我这样说，真是太对不住他。

被巡捕官审问时捕快的证词

我抓住的那男人吗？他的确叫多襄丸，是大名鼎鼎的盗贼。不过，我抓住他时，他已经坠马落地，正在粟田口的石桥上呻吟。时间吗？昨晚初更时分。之前，我让他跑掉一次，他那时就穿着这个浅蓝色水干，佩带鲨鱼皮把手的武士刀。不过，这次，除了以上物品，他竟然还携带弓箭。是吗？那个被害的男人也带了这些物品，

---

① 一尺大约是33.3厘米，十寸是一尺。

反正，杀人凶手肯定是这个多襄丸。牛皮弓、黑箭筒、十七支鹰羽箭，这都是那个男人携带的物品。是的，正如您所说，马的毛色是桃花色，鬃毛披散在脸两边。多襄丸被那个畜生摔下马，肯定有某种因果报应。当时，那匹马在石桥稍往前的地方，拖着长缰绳，吃着路边的青芒草。

即便在京城游荡的盗贼中，这个叫多襄丸的家伙也算好色之徒。去年秋天，在鸟部寺宾头庐的后山，一个前来参拜的女人和女童被人杀死，就是这家伙干的。这家伙杀了那个男人，至于那个骑马的女人去了哪里，结局如何，我一无所知。我多话了，但这些内容请一并予以参考。

被巡捕官审问时老太婆的证词

是的，被害者是我女婿。不过，他不是京城人，是若狭①国府②的武士，名叫金泽武弘，二十六岁。不，他

---

① 日本旧国名之一，相当于现在的福井县若狭湾沿岸。
② 中央设在地方的政务机构。

性情温和,应该不会有人寻仇。

我女儿吗?她叫真砂,十九岁,是一个好胜心强的女孩,不比男人逊色,但也只有武弘这么一个男人。她肤色微黑,左眼角有个痣,脸盘不大,瓜子脸。

昨天,武弘和我女儿出发去若狭,竟落得如此下场,这是什么报应啊。我女儿怎么样?对女婿,我已经断念,现在只是非常担心女儿。这是我老太婆一辈子的祈求,请你们哪怕掘地三尺,也要找到我女儿的下落。不管怎样,那个叫多襄丸的盗贼真可恨。不仅女婿,连我女儿也……(之后就是哭泣,没再说话)

多襄丸的自白

我杀死那男人,但没杀死女人。那么,去了哪里?这一点,我也不知道。请等一下。不管你们怎么拷打,我不会说一无所知的事情;而且,我都已经这样,不打算胆小地遮掩什么。

昨天,刚过晌午,我遇见那对夫妇。当时,正好一阵风吹过,绢丝面纱被卷上去,我略微看到女人的面容。

略微——我刚刚感觉看到，就已经看不见。也许正因为如此，对我而言，那女人的面容看上去就像女菩萨。那一瞬间，我就决定哪怕杀死男人，也要抢到女人。

什么？杀死男人并没有你们想象的那样费劲。反正我要抢夺女人，就必须杀死男人。话说回来，我杀人时用腰上的武士刀；你们不用武士刀，而用权力杀人，用金钱杀人，有点什么事，单凭人情话就能杀人。当然不会流血。那男人堂堂正正。即便如此，我还是杀死他。从罪孽程度考虑，你们罪过大呢，还是我罪过大？我也不知道谁罪过更大。（皮笑肉不笑）

不过，如果不杀死男人，就能抢走女人，也没什么不好。不，我当时的心境就是尽量不杀男人，抢走女人。可是，在那个山科大道上，我可不敢造次，因此，我就想方设法，领着那对夫妇进入山中。

这也简单。成为旅伴后，我对他们说："对面山里有古墓；挖开古墓一看，里面有许多镜子和武士刀。为掩人耳目，我把这些东西埋在山后的竹林中。如果有买家，不管出价如何低廉，我都会卖掉。"渐渐地，男人被我的话打动。然后——怎么样？欲望这东西难道不可怕吗？然后，不到半个时辰，那对夫妇和我策马走上山路。

来到竹林前,我说宝贝埋在里面,过来看看。男人已起贪念,自然不会提出异议,但女人没有下马,说在原地等候。看到那片繁茂的竹林,女人这么说也可以理解。说实话,这正合我心意,我便留下女人,和男人进入竹林。

走了很长一段时间,都是竹子,在大约五十米的地方,有一片略微开阔的杉树林。要想达到我的目的,没有比这里更适合的地方了。我拨开草丛,煞有其事地撒谎道:"宝藏就埋在杉树下。"听我一说,男人拼命往隐约能看见杉树的地方赶去。那里竹丛稀疏,排列着好几株杉树。走到那里,我突然把对方摁倒在地。男人既然佩带武士刀,力气自然也不小,但被我弄了个措手不及,很快就被我绑在杉树根上。绳子吗?绳子可是盗贼必不可少的东西,也不知道何时就要翻墙,所以总是缠在腰间。当然,为防止男人叫喊,我把竹叶塞进他的嘴里,他的腮帮子被撑得鼓起来。除此之外,也没别的麻烦。

我收拾好男人,便来到女人处,说道:"男人好像发了急病,去看看吧。"女人脱下斗笠,被我牵着手,来到竹林深处。到那里一看,男人被绑在杉树根上。女人只看一眼,便抽出一把小刀,也不知道她何时从怀里拿出来的。迄今为止,我未曾见过那么烈性子的女人。当时,我一旦大意疏忽，侧腹部就会被捅一刀。不，尽管我躲避开，但如果任由她胡乱挥舞小刀，我肯定非死即伤。我毕竟是多襄丸，也不用拔出武士刀，就打落了她手中小刀。女人不管如何好胜逞强，一旦失去称手的武器，也就没辙。我终于如愿以偿，即便不杀死男人，也能将女人弄到手。

即便不杀死男人——是的。而且，我也没打算杀死男人。但就在我丢下趴在地上哭啼的女人，准备逃出竹林时，她突然像疯了一样死命拽住我的手腕，断断续续地叫喊着："要不然你死，要不然我丈夫死，你们当中要死掉一个。在两个男人面前蒙羞，让我比死还痛苦。""不，必须二选一，我就跟着活下来的男人。"她就这样气喘吁吁地说着。那时，我突然产生杀死男人的念头。（他兴奋得让人感觉阴森）

说这些，或许会让我比你们看起来的更残酷。但那是因为你们没看到那女人的面容，尤其是没看到她那一瞬间闪亮的眼眸。和她对视时，我觉得就算被天打雷劈，也要让这个女人做我妻子。想让她做妻子——当时，我脑海中只有这么一件事。这并非你们所想象的下流色心。如果当时除了色欲，没有其他期待，哪怕把女人踢倒在地，我也会逃走吧。如果那样,男人的鲜血也不会溅染在我的武士刀上。可是,昏暗竹林中,在凝视女人面庞的刹那间,我定下念头:不杀死男人,我绝不离开。

即便杀死男人,我也不想用卑怯的方式。我松开他身上的绳子,让他用武士刀和我对决。(掉在杉树根处的绳子就是那时忘记扔掉的。)男人脸色大变,拔出又粗又长的武士刀,不发一言,愤然朝我冲过来。那把武士刀去了哪里?这没必要说吧。在第二十三个回合,我的武士刀贯穿对方的胸膛。第二十三个回合——请不要忘记这个数字。时至今日,我对此依然佩服。因为全天下能和我过招二十回合的,只有那个男人。(快活地微笑)

男人倒下的同时,我提着血染的武士刀,扭头看向女人。但——怎么回事?到处看不到那女人。我估计女人躲在什么地方,便在树林中寻找,但竹子的落叶上没留下像样的痕迹。我也侧耳倾听一番,只听见男人临死前从喉咙处发出的声响。

说不定,我刚开始用武士刀对决,那女人为寻求帮助,就穿过竹林逃走。我一想,现在要保住小命,便夺过武士刀和弓箭,很快又走到来时的山路上。女人骑的马还在那里安静地吃着青草。之后的事情,如果再说一遍,

就是浪费口舌。不过,进京前,我已经扔掉武士刀。我的自白就这么多。反正脑袋要被挂在楝树梢上,请给我极刑吧。(态度毅然)

女人在清水寺的忏悔

那个穿着浅蓝色水干的男人强暴我后,嘲笑地望着我被绑的丈夫。丈夫非常懊恼。不管他如何挣扎,身上的绳子只会越勒越紧。我不由自主,跌跌撞撞跑向丈夫身边。不,是正要跑向丈夫时,那男人把我一脚踢倒。那一瞬间,我从丈夫的眼睛里看到一种难以言表的眼光。难以言表,即便现在,想到那双眼睛,我依然情不自禁地发抖。那一瞬间,尽然丈夫一言不发,眼睛却传递出内心的所有想法。那眼光里闪现的不是愤怒和悲伤,只是轻蔑和冷酷。与其说被那个男人踢倒,倒不如说被丈夫的眼光击倒,我无意识喊叫着,晕了过去。

我终于清醒过来,那穿着浅蓝色水干的男人已经离开,只有丈夫被绑在杉树根上。我好不容易从竹子的落叶上爬起来,凝视丈夫。但他的眼光丝毫没改变,那依旧冷酷轻蔑的眼光深处透出憎恶。羞耻、悲伤、愤怒……当时，我的心境难以言表。我踉跄地站起来，走到丈夫身旁：

"当家的。事已至此，我不能和你在一起了。我要一死了之。不过——不过，请你也要死。你看到我的耻辱。我无法把你独自留下。"

我拼命说着同一句话。即便如此，丈夫还是恨恨地盯着我。我忍住伤心欲绝的心情，寻找丈夫的武士刀，它似乎被那盗贼夺走了。别说武士刀，就连弓和箭，在竹林中也找不到。幸好小刀掉在我的脚下。我扬起那把小刀，再次对丈夫说：

"那么，请把你的命交给我吧。我马上来陪你。"

听到这句话，丈夫的嘴唇终于动了动。当然，他嘴巴被竹子落叶塞得满满的，我根本听不到一点声音。但看看他的嘴唇，我立刻明白他要说的话。丈夫蔑视我，只说了两个字："杀吧。"我几乎像梦魇一般，一下子将小刀插入丈夫浅蓝水干的胸口处。

这时，我还神志不清。等我终于恢复心智，环顾四周时，被绑在树上的丈夫早已咽气。从竹林中的杉树丛上方，一道夕阳洒落在丈夫的苍白面庞上。我强忍悲痛，不再哭泣，把他尸体上的绳子解开扔掉。就这样——就这样，我接下来会怎样？关于这点，我没勇气说下去。总之，我已经没有自杀的力气。我用小刀戳喉咙，跳进山脚的池塘，尝试了诸多办法，就是没有死成。这不值得骄傲。（孤寂的微笑）或许像我这种没出息的人，连大慈大悲的观世音菩萨都不想收留。可是，杀死丈夫的我，被盗贼玷污的我，究竟如何是好？究竟，我——我——（突然痛哭起来）

亡灵借巫女之口的陈述

盗贼强暴我妻子后，坐在那里，说了许多安慰的话。我当然说不了话，身体也被绑在杉树根上。其间，我多次用眼神暗示妻子。不要相信那男人的话，不管他说什么，都是谎言——我想把这个意思传达给妻子。可是，妻子无精打采地坐在竹子的落叶上，一直看着膝盖。看上去，她似乎听进了盗贼的话呢！我妒火中烧，扭动挣扎。那个盗贼继续花言巧语："你已经失身，和丈夫恐怕难以和好如初；与其跟着那种丈夫，不如成为我的老婆，行吗？我就是因为太喜欢你，才做出如此无法无天的事。"盗贼说得毫不忌惮。

听到盗贼的话，妻子竟然心醉神迷地抬起头。我从未见过如此美丽的妻子。但当时，面对被五花大绑的我，美丽的妻子如何回答盗贼呢？即便今日我在中有①状态徘徊，每每想到妻子的回答，就不由怒火冲天。妻子的确是这么说的："不管去哪里，都请带着我。"（长时间的沉默）

妻子的罪过不止如此。如果仅限于此，在这片黑暗中，我也不会像现在这样痛苦。正当妻子梦游一般，被盗贼牵着手走出竹林，她突然变了脸色，用手指着被绑在杉树上的我，说："请杀死那个人。如果他活着，我就不能和你在一起。"妻子俨然疯了，就这样叫喊好多次。"请杀死那个人"，即便今日，这句话还是如同狂风般，能把我头朝下刮到无尽黑暗的深处。一个人怎么能说出如此歹毒的话呢？一次也不行啊。一个人怎么能听到如此可恨的话呢？一次也不行啊。听到妻子的话（突然迸发出嘲笑声），盗贼都大惊失色。"请杀死那个人！"妻子叫喊着，抓着盗贼的手臂。盗贼目不转睛地看着妻子，

---

① 人死后到来生转世前这段时间，在日本为49天。

没有回答"杀"或"不杀"。正在我寻思间，妻子被盗贼一脚踢倒在竹林的落叶上（再次迸发出嘲笑声）。盗贼静静地叉着双臂，看着我："你打算怎么处理这个女人？杀掉她，还是放过她？你只需点头回答。杀掉她？"就凭这句话，我想宽恕盗贼的罪过。（第二次长时间沉默）

正当我犹豫不决时，妻子大叫一声，随即跑进竹林深处。盗贼也瞬间扑过去，但连她的衣袖也没抓住。我望着这一切，如同幻境。

妻子逃走后，盗贼拿起武士刀和弓箭，把捆在我身上的绳子砍断一处。"轮到我溜之大吉喽。"我记得盗贼在竹林外消失时，曾这么嘟哝一句。之后，四周鸦雀无声。不，好像有谁的哭声。我解开绳子，侧耳倾听，发现那声音不正是自己的哭声吗？（第三次长时间沉默）

我终于从杉树下抬起疲惫不堪的身躯，那把被妻子扔在地上的小刀在我面前寒光闪闪。我拿起小刀，一下子插进胸口。一股血流涌入嘴里，却无任何痛苦，等胸口冷却，周围更是鸦雀无声。啊，多安静！在这山后竹林的天空上，连一只鸣叫的小鸟都没有，只在杉树和竹子的背后，弥散着寂寥的日影。日影也逐渐黯淡，已看不见杉树和竹子。我倒在那里，被一片幽深的静谧包围着。

那时,有人悄悄地走到我身边。我想看清楚那人,但不知何时,周围昏暗一片。那人——那只我看不见的手轻轻拔出胸口小刀。与此同时,血流再度充满我的嘴巴,之后,我便永久坠落到中有的黑暗中。

1921 年 12 月

众神的微笑

　　某个春日傍晚,奥尔根蒂诺①独自拖着教袍的长下摆,走在教堂的庭院中。

　　在庭院的松柏间种着西洋植物,有蔷薇、橄榄、月桂等。尤其是开始绽放的蔷薇在暮色微沉的树丛中散发

---

① 意大利人,耶稣会传教士,1570年到日本,得到织田信长的信任,以京都为中心进行传教活动。

出淡淡甜香，给静谧的庭院添加了一种不可思议的魅力，让人感觉这里似乎不是日本。

奥尔根蒂诺孤寂地走在红砂土的小道上，沉浸在朦胧追忆中。罗马的大教堂、里斯本的港口、葡萄牙四弦琴的乐声、巴丹杏的味道、"主啊，你是我们灵魂的镜子"的歌声……不知不觉，这些回忆让这个洋神父的内心产生悲凉的思乡情。为打消这种悲凉感，他开始轻声念诵造物主（神）的名字。然而，悲凉感不但没有消失，反而让他的心境比之前更加沉闷。

"这个国家风光宜人——"奥尔根蒂诺反省起来，"这个国家风光宜人，气候温和。与当地人——那些黄皮肤的小个子相比，或许黑家伙更强一点。不过，当地人大体上容易相处。不仅如此，最近信徒的数量也多达数万人。目前，在这个首府的正中央也耸立起这样的教堂。如此看来，住在这里，即使谈不上愉快，但也不能说不快乐，不是吗？自己动不动就陷入抑郁，想返回里斯本，想离开这个国家。这仅仅是悲凉的思乡情吗？不，即便不是里斯本，只要能离开这个国家，不管去哪里都可以。即便中国，即便暹罗，即便印度……换言之，自己抑郁的原因并不全归结于悲凉的思乡情。自己只想早点逃离这个国家。但是——但是，这个国家风光宜人，气候温和……"

奥尔根蒂诺呼了一口气，此时，他的视线偶然落到散落在树阴青苔上的灰白樱花。樱花！奥尔根蒂诺大吃一惊，凝视着昏暗树丛，只见四五棵棕榈树间，一棵枝条垂落的垂樱花色迷蒙，如梦如幻。

"主啊，请保佑我！"

瞬间，奥尔根蒂诺准备画个降魔的十字，因为那一瞬间，在他看来，这棵在暮色中绽放的垂樱让人觉得相当恐怖。恐怖——与其这么说，不如说这棵樱花树俨然就是令他心神不宁的日本。过了片刻，他发现那不过是普通的樱花树，也没那么令人不可思议，便羞愧地苦笑着，迈着无力的脚步，再次沿小道返回。

三十分钟后，他在教堂大殿中向造物主祈祷。那里只有一盏从穹顶垂挂下的吊灯。大殿四周的壁画中，天使米迦勒正和恶魔争夺摩西的尸骸。在今晚朦胧灯光的映衬下，别说勇猛的大天使，就连嘶吼的恶魔似乎也比平时优美。或许这也是摆放在祭坛前的鲜嫩的蔷薇和金雀花等散发芳香的缘故。他在祭坛后面，垂着头，虔诚祈祷：

"南无大慈大悲的造物主如来！我从里斯本港驶出时，就将生命奉献给您。因此，不管遇到何等困难，为发扬十字架的光辉，我将勇往直前，绝不退后。这当然不是因为我一己之力，而是受到天地之主——您的恩典。但在日本住下后，我逐渐开始明白自己的使命是多么不易。在这个国度，不管大山森林中，还是房屋鳞次栉比的城市中，都潜藏着某种不可思议的力量。这种力量在冥冥中妨碍着我的使命，否则，我最近也不会陷入毫无端由的抑郁中。我不知道这是什么力量，但这力量犹如地下泉水一般，渗透到这个国家的每一处。啊，南无大慈大悲的造物主如来！如果不首先打破这种力量，被邪教迷惑的日本人就永远不会膜拜庄严的天界。这几天，我为此烦闷不已。请给您的仆人奥尔根蒂诺以勇气和忍耐吧——"

这时，奥尔根蒂诺似乎听到鸡鸣声，但并没在意，继续祈祷：

"为了实现使命，我必须和藏在这个国家山川里的力量——可能是人类无法看见的神灵——战斗。您曾经将埃及军队沉没于红海海底。这个国度强大的神灵丝毫不逊色于埃及军队。请让我像古代预言者一样，在和这个国家神灵的战斗中……"

不知何时，祈祷的话语从他的唇角消失。祭坛四周突然传来喧嚣的鸡鸣声。奥尔根蒂诺狐疑地环视四周，只见一只垂着白色尾羽的公鸡在正后方的祭坛上昂首挺胸，再次发出打鸣声，似乎天亮了。

奥尔根蒂诺跳起身，展开教袍中的双臂，惊慌失措地想把这只鸡赶走，但才走两三步，就结结巴巴地喊着"主啊"，茫然地站在那里。不知何时，不知来自何方，这间昏暗大殿中到处都是鸡，数不胜数。有的在空中扑腾，有的满地乱跑，目力所及，几乎就是鸡冠的海洋。

"主啊！求您保佑我！"

他又想画十字，但手臂似乎被老虎钳夹住，竟然不能活动自如。很快，不知从何处，犹如炭火的红光倾泻在大殿里。奥尔根蒂诺喘息着，发现在那光线照过来的同时，四周浮现出朦胧的人影。

人影很快鲜明起来，那是一群陌生的朴素男女。他们兴高采烈地嬉笑着，脖子上挂着用细线穿缀的玉佩。人影清晰后，那数不胜数、聚集在大殿里的鸡群叫得更加高亢。同时，大殿墙壁——画着天使米迦勒的墙壁被夜色吞没，犹如隐身浓雾中。只剩下——

奥尔根蒂诺呆若木鸡，日本的"酒神节"①犹如海市蜃楼悬浮在他面前。红色篝火的光影中，他看见穿着古代服装的日本人围成一圈，相互斟酒。只见其中一个女人——在日本未曾看过如此大体格的女人——趴在大桶上，疯狂舞蹈；只见一个小山般魁梧的男人在桶后悠然地把玉佩、镜子等东西放在杨桐树枝上；只见几百只公鸡在那些人周围开心地打鸣，鸡冠挨着鸡冠，鸡尾贴着鸡尾。在那对面——奥尔根蒂诺甚至怀疑起自己的眼睛——在那对面的夜雾中，一块大岩石巍然矗立，犹如岩洞之门。

木桶上的女人一直舞动着，缠绕在头发上的藤蔓在空中飞舞，脖上挂的玉佩发出清脆碰撞声，手中竹枝上下左右晃动。还有袒露的胸部！在奥尔根蒂诺看来，那在红色篝火的光影中浮现出的光艳乳房只会让人联想到情欲。他向造物主祷告，拼命想别过脸，但身体纹丝不动，俨然被某种神秘魔力所控制。

不久，幻影中的男女突然沉默下来。木桶上的女人

---

① 在希腊、罗马宗教中，为酒神狄俄尼索斯举行的节日，最初是为丰产之神而举行的祭祀活动。

似乎也回过神，总算不再疯狂舞蹈。不，就连那些争相打鸣的公鸡也在一瞬间伸长脖子，同时安静下来。沉寂中，不知何处传来一个女人的庄重声音。那声音也很动听，让人难以忘怀：

"只要我藏身于此，世界就会陷入黑暗，不是吗？看上去，众神闹腾得很开心。"

这声音消失在夜空，木桶上的女人环顾一下四周，竟然娴静地回答起来：

"这有一个超越您的新神灵，大家才彼此庆祝。"

那个新神灵或许就是造物主。奥尔根蒂诺一时间被这种念头所打动，饶有兴趣地注视这奇特幻境的变化。

又沉寂一阵，但很快，鸡群又开始打鸣。对面挡住夜雾、犹如岩洞之门的那块大岩石缓缓地左右打开。从缝隙中，万道霞光如同洪水般倾泻而入，让人目瞪口呆。

奥尔根蒂诺想喊叫，可舌头一动不动。奥尔根蒂诺想逃开，可双腿一动不动。光亮刺眼，他感到头晕目眩。在这片光芒中，他听见众多男女发出欢呼声，响彻云霄：

"大日孁贵[①]！大日孁贵！大日孁贵！"

"没有什么新神灵！没有什么新神灵！"

---

① 日本太阳神天照大神的别名。

"背叛您的人自取灭亡。"

"看！黑暗消失了！"

"放眼望去，都是您的山脉、您的森林、您的河流、您的城市、您的大海。"

"没有新神灵。大家都是您的仆人。"

"大日霎贵！大日霎贵！大日霎贵！"

群声沸腾，奥尔根蒂诺直冒冷汗，惨叫一声，倒地不起……

当晚，接近三更，奥尔根蒂诺终于从昏迷中恢复意识，耳中似乎还回荡着众神的声音，但环顾四周，鸦雀无声的大殿中，只有穹顶的灯光一如往昔，朦胧映照着壁画。奥尔根蒂诺呻吟着，挣扎离开祭坛后面。那幻境预示什么，他无从得知，但展示幻境的肯定不是造物主，唯有这点，确切无疑。

"和这个国度的神灵战斗……"奥尔根蒂诺迈着步，情不自禁地轻声嘟哝，"和这个国度的神灵战斗，其困难度远超想象。能赢吗？还是又输呢？——"

这时，有个嗫嚅声传入耳中：

"会输的。"

奥尔根蒂诺胆战心惊，循声望去，但那里一如平常，除了昏暗的蔷薇和金雀花,没有任何人影。

第二天傍晚,奥尔根蒂诺依然在教堂庭院中漫步,蓝眼睛里透出喜色。仅今日,就有三四个日本武士加入信徒行列。

暮色中,橄榄和月桂等静静地挺立在庭院里,只有飞回教堂屋顶的鸽子在空中发出的振翅声,打破宁静。蔷薇的香气、沙土的湿气,一切那么祥和,如同古代的某个傍晚,带着翅膀的天使"看到人间女子美丽",随即降临凡间,寻找意中人为妻。

"看来在威严的十字架前,污秽的日本神灵想凭借一己之力获胜还是困难。昨晚看见的幻境呢?不,那不过是幻境。当年恶魔不也让安东尼[①]大人看到如此幻境吗?要说证据,今天不是又多了几个信徒吗?不用多久,在这片国度的大小角落也会修建起天主的教堂。"

奥尔根蒂诺思索着,在红砂土的小道走着。有人在后面轻拍了一下他的肩膀。他赶紧扭头看去,只有微弱的落日余晖映照在道路两边的悬铃木嫩叶上。

---

① 基督教修道主义的创始人。据说在埃及的荒野中,他抵制住魔鬼的诱惑,过着隐修生活。

"主啊！请保佑我！"

他嘟哝着，把头慢慢扭回来，未承想，不知何时，一个老人无声无息地出现在身边，人影模糊，缓缓前行，脖子上也挂着玉佩，和昨晚幻境中看见的如出一辙。

"你是谁？"

奥尔根蒂诺惊慌失措，不由自主地停下脚步。

"我——你不用问我是谁。我是这个国家的一个神灵。"老人微笑着，和蔼作答，"好了，我们一起走走。我来这里，就是想和你聊一会儿。"

奥尔根蒂诺画一个十字，但老人对此没有表现出丝毫畏惧。

"我不是恶魔。你看看这块玉和这把剑。如果被地狱之火烧过，这些东西不会如此洁净。好了，你也不要念咒语什么的。"

奥尔根蒂诺迫不得已，心不甘情不愿地叉着双臂，和老人同行。

"你是来弘扬天主教的，对吧？——"

老人沉静地说道。

"或许也不是坏事。但天主来到这个国家，也只能认输。"

"天主万能，能战胜天主——"说到一半，奥尔根蒂诺似乎猛然想起什么，语调郑重起来，就像他平素对这个国家的信徒说教一般，"应该无人战胜天主。"

"实际上有！好了，你认真听我说。不止天主，不远万里来到这个国家。孔子、孟子、庄子……除此之外，中国还有许多哲人来到这个国家。当时，这个国家诞生不久。中国的哲人除了传道，还带来诸多物品，吴国的绢、秦国的玉等。不，与宝物相比，他们还带来更加贵重的灵妙之器——文字。可是，靠这些，中国就能'征服'我们吗？例如文字，我们一起看看。文字没有'征服'我们，反而被我们'征服'。我的故交中，有一个叫柿本人麻吕①的诗人，这个国家至今还流传着他创作的七夕诗。你可以读读这首诗，里面找不到牵牛、织女的名字，诗里咏唱的恋人一直都是彦星和棚机津女。他们枕边回响的是清澈天河的潺潺水声，犹如这个国家的河川，而不是中国的黄河、长江那样的波涛汹涌。不过，与诗歌相比，我更想聊聊文字。柿本人麻吕使用中国文字写诗，但那些文字是为了发音，而不是表意。就算'舟'这个字传

---

① 天武、持统、文武三朝的诗人，被后人尊称为"诗圣"。

进本国，'ふね'还是读作'fune'；否则，我们的语言或许就变成中文了。这当然不是因为人麻吕，而是依靠我们国家神灵的力量，让人麻吕坚守内心。不仅如此，中国的哲人还把书法传到这里。我总是悄悄去空海、道风、佐理、行成他们所在的地方。他们临摹中国书法，可从他们笔尖又逐渐诞生出崭新的美。不知何时，他们书写的文字不再是王羲之的风格，也不再是褚遂良的风格，而变成了日本人的风格。我们获胜的不仅是文字，我们的气息像海风，调和老儒之道。你可以问问这里的百姓。他们相信孟子的著作会让我们勃然大怒，如果船上装载这些书，就会沉没。尽管风神未曾干过如此恶作剧，但在这般信仰中，众人能朦胧感受到我们这些神灵的力量。你不这么认为吗？"

奥尔根蒂诺望着老人，茫然无措。他对这个国家的历史知之不多，尽管对方滔滔不绝，他依然似懂非懂。

"中国哲人之后，印度王子悉达多来了。"

老人一边说，一边摘下路边蔷薇，开心地嗅着花香。不过，虽然蔷薇被摘了，花还在原地。老人手中的花看上去具有相同的颜色和形状，但依旧如浓雾般扑朔迷离。

"佛陀的命运和中国哲人一样。如果我向你逐一诉说，你会愈发感到无趣。我希望你注意本地垂迹的教诲①。这教诲让本地百姓觉得大日如来和大日霎贵是一回事。这是大日如来赢呢，还是大日霎贵赢呢？假设现在，这个国家的芸芸众生不知大日霎贵，只知道大日如来。即便如此，他们在梦中看到的大日如来的形态，与印度佛祖的面容相比，可能更近似于大日霎贵的样子，不是吗？我曾经和亲鸾②、日莲③等人在菩提双树④的花丛后散步，他们仰慕的佛不是光环围绕的黑人，而是温柔而威严的上宫太子⑤的兄弟。好了，我和你约定过，不能长篇大论。总之，我的意思是即便天主来到这个国家，也无法获胜。"

"等一下！虽然你这么说——"奥尔根蒂诺插话了，"今天，三个武士皈依本教。"

"还会有很多人皈依吧。如果仅仅说皈依，这个国家的大部分百姓都皈依了悉达多的佛教。我们的力量不是破坏力，而是改造力。"

---

① 本地的佛、菩萨为教化众生，以相应的姿态现身。
② 镰仓初期僧人，净土真宗的鼻祖。
③ 镰仓时期僧人，日莲宗的鼻祖。
④ 据说释迦牟尼升天时，在他卧床四周各有两棵彼此相生的菩提树。
⑤ 圣德太子，制定冠位十二阶和十七条宪法，学识渊博，皈依佛教。

老人扔掉蔷薇。那花一离开老人的手,立刻消失在暮色中。

"原来如此,改造力?但这种力量并非你们独有。所有国家例如被称作希腊诸神的那些恶魔——"

"伟大的潘神已经死了。不,或许潘神早晚会复活,但我们时至今日还健在。"

奥尔根蒂诺斜看着老人,觉得不可思议:

"你知道潘神?"

"说什么呢?九州大名武士的孩子从西洋带回来的洋文书中不就有他吗?还是刚才那个话题,就算改造力并非我们独有,你也不可掉以轻心。不,我想说你要当心。因为我们是古代神灵,因为我们像那些希腊神灵一样,曾看见世界的黎明。"

"不过,天主应该获胜。"

奥尔根蒂诺还是顽固地说了同样的话。老人似乎充耳不闻,缓缓地继续说下去:

"四五天前,我遇见一个从九州海边上岸的希腊船员。那男人不是神灵,只是普通人。我和他坐在月夜的岩石上,聊了许多——被独眼神抓住的事、将人变成猪的女神、声音动听的美人鱼等。你知道那男人的名字吗?

他从遇见我开始，就变成这个国家的百姓，听说他现在叫百合若。因此，你也要小心，天主肯定不会获胜。天主教不管如何弘扬，肯定不会获胜。"老人的声音逐渐低下去，"或许天主自身也会变成这个国家的百姓。中国和印度都变了，西方世界也必须变。我们在树林中，我们在浅流中，我们在掠过蔷薇的风中，我们在教堂墙上的夕阳中。我们无处不在，我们无时不在。你要当心！你要当心……"

声音消失的同时，老人的身姿也在暮色中消失得无影无踪。就在那时，皱着眉头的奥尔根蒂诺听见教堂的塔楼上响起"万福，玛利亚"的钟声。

教堂的奥尔根蒂诺神父，不，不止奥尔根蒂诺，那些高鼻梁的洋人拖着教袍下摆，从虚构的月桂和蔷薇中悠然返回屏风中，那是3世纪前的一对古屏风，上面画着西洋船进港的场面。

别了，奥尔根蒂诺神父！你和你的伙伴走在日本海边，眺望着西洋大船，船上的旗帜在金色霞光下随风高扬。天主获胜，还是大日霎贵获胜呢？即便现在，或许也难以定论。但很快，我们的事业应该会让你们给出结论。

你就在往昔的海边安静地看着我们。即便你和同一个屏风中牵着狗的甲比丹①、打着阳伞的黑孩子一起陷入忘却的梦乡,我们的黑船会重新出现在海平面上,船上的炮声必定会打破你们这些守旧者的睡梦。在此之前,别了,奥尔根蒂诺神父!别了,教堂的奥尔根蒂诺神父!

1921 年 12 月

---

① 江户时代设置在长崎出岛的荷兰商馆的馆长。

手推车

良平八岁时,连接小田原和热海的简便铁道①开工铺设,他每天都去村头看工程进展,所谓工程,不过是用手推车运土罢了。他对此兴趣盎然,才特意去看。

两个土方工人把土装进手推车后,站在上面。因为下

---

① 主要给某个特定区间出行便利的铁路,其设施和建设规格要求低于主干铁路。

坡，手推车不借助人力也能下滑。晃动的车架、随风飘动的土方工人的短褂下摆、蜿蜒逼仄的线路……望着如此景象，良平有时想成为土方工人，或者至少能和土方工人一起坐坐手推车，哪怕一次也行。手推车来到村头平地处，在某个地方自然停下，与此同时，土方工人矫捷地跳下来，把车内土石倒在线路终点，然后推着手推车，沿原路返回山坡。那时，良平就会想，就算无法乘坐手推车，能推一推手推车也很满足呢。

某个傍晚——大概是二月上旬，良平和六岁的弟弟以及与弟弟同龄的邻家孩子，来到村头摆放手推车的地方。微暗暮色中，手推车排成一列，上面全是泥土。除此之外，周围看不到土方工人的身影。三个孩子胆战心惊地推起最边上一辆车。三人同时用劲，手推车发出"咕咚"一声，而车轮也跟着转动起来，良平被那声音吓了一跳，但当车轮声二度响起时，他已不再恐惧。"咕咚""咕咚"，手推车发出声响，被三人推着，沿着路轨往上爬行。

推了大约二十米，路轨的坡度陡然增大，不管三人如何用劲，手推车纹丝不动，稍有差池，他们还会和车子一道滚落到原点。良平觉得可以适可而止，便向两个小孩作个手势："怎么样，一起坐坐？！"

他们同时松开手，随即跳进车中。手推车最初缓缓下滑，随后眼瞅着越来越快，沿着路轨猛冲下去，路尽头的风景随即分向两侧，迅速展现在他们面前。感受到晚风吹在脸上，良平几乎忘乎所以。

两三分钟后，手推车终于停在原点。

"怎么样，再推一次？！"

良平和两个小孩又开始推手推车，但车轮还没动，他们身后就传来脚步声。不仅如此，脚步声刚刚传入耳中，怒骂便随即而来。

"混蛋！谁让你们碰手推车的？！"

一个高个子的土方工人站在那里，他穿着旧号坎，头上戴着不合时令的草帽。当这人的身姿出现在眼中时，良平和两个小孩早就逃出七八米远。那以后，良平出门办事回家，就算看见摆放手推车的工地空无一人，也没再敢坐一坐手推车。不过，当时那个土方工人的形象至今还清晰地保存在良平脑海中的某个角落。微亮暮色中隐约闪现的那顶黄色小稻草帽，就算这种记忆似乎也逐年淡化。

之后，过了十几天，良平又独自站在午后的工地上，望着手推车来来往往。除了装土的手推车，还有一辆装着枕木的手推车沿着铺设干线的宽轨被两个年轻男子推上来。良平看见他们时,觉得容易接近,"这两个人应该不会骂人",这样想着便跑到手推车旁边。

"叔叔,我帮你们推,行吗?"

不出所料,其中一人——穿着条纹衬衫的男子埋头推着,回答得很爽快:

"是吗?那就推吧。"

良平跑到两人中间,开始用力推车。

"你小子挺有劲嘛。"

另一人——耳朵上夹着香烟的男子也表扬了良平。

说话间,路轨的坡度逐渐平缓。"不用再推了。"良平惴惴不安,就怕他们会说这样的话。但两个年轻的土方工人只是比刚才挺直一点儿腰板,依旧一声不响地推着车。良平终于忍不住,战战兢兢地问起来:

"我可以一直推吗?"

"当然可以。"

两个男子异口同声。良平觉得他们俩都是好心人。

又推了五六百米远,路轨再次变陡,两边的橘田中,硕果累累,橙黄的果实沐浴在阳光下。

"上坡好,他们会让我一直推的。"

良平揣测着，使出全身力气推着车。

沿着橘田，登到坡顶，线路顿时变成下坡。穿条纹衬衫的男子冲良平说道："喂！坐上去！"良平赶紧跳上车。三人刚坐好，手推车就沿着路轨飞驰而下，迎面飘来田中的橘香。"和推车相比，还是坐车舒服得多。"良平想着一个理所当然的道理，身上的外衣被风吹得鼓起来。

来到竹林处，手推车静静地停下来。三人又像方才那样，推起沉重的手推车。不知何时，竹林已经消失，取而代之的是杂树林。缓坡上，有些地方堆积着落叶，遮住锈迹斑斑的路轨。他们终于登上这段坡道，站在高崖上，对面展现在眼前的是广袤无边、充满寒意的大海。与此同时，一个清晰的念头突然从良平脑海中闪过——自己离家太远了。

三人又坐上手推车。车子从杂树林的树枝下飞驰而下，右边就是大海。良平现在不像刚才那样觉得有趣。"他们要让我回去就好了。"他嘀咕着。不过，良平也非常清楚：不到终点，手推车也罢，他们也好，都不能回去。

车子这次停在一个稻草屋顶的茶店前，茶店后面就是被削平的大山。两个土方工人走进店内，和背着婴儿的老板娘闲聊，悠然自得地喝起茶。良平在手推车周围转悠，兀自着急。那些飞溅在手推车车台上的泥土已经干结。

片刻后,那个耳朵上夹着香烟(这时已经不夹香烟了)的男子走出店,把用报纸裹着的点心递给站在手推车旁边的良平。良平冷淡地说了声"谢谢",但很快就感觉这种冷淡态度对不住对方。为了掩饰,他拿起一块点心放进嘴里。点心上有一股报纸上的煤油味。

三人推着手推车,登上缓坡。良平手搭在车上,心里想着其他事。

沿坡道下到对面后,又有一家同样的茶店。土方工人进店后,良平坐在手推车上,满脑子都是回家的事。夕阳余晖刚才还照在茶店前的梅树上,此时正在消失。"天要黑了"——想到这儿,他已经坐不住了。良平用脚踢着手推车的车轮,明知一个人推不动,还使出全力推着手推车。做这些事,他可以缓解焦躁心情。

可是,土方工人走出店,手搭在手推车的枕木上,冲良平漫不经心地说起来:

"我们不回去了。我们今天就住在对面。

"回去太晚,你家里人会担心。"

瞬间,良平呆若木鸡。瞬间,他明白很多事情——天就要黑;去年年底,自己和妈妈去了岩村,而今天的路程是那段路程的三四倍；现在只能独自回去。良平快要哭了，但他觉得哭也无法解决问题，觉得现在不是哭的时候。他极不自然地冲着两个土方工人鞠个躬，赶紧沿路轨跑起来。

良平沿着路轨，不管不顾地跑了一阵，其间，他觉得怀里的点心碍事，便扔到路边，并顺手脱下木底草鞋一并扔出去。如此一来，虽然小石子会嵌入薄袜中，但脚下轻快许多。他跑着，登上陡坡，能感受到大海就在左边。泪水有时会涌上来，脸也会有些扭曲。不管怎样克制，鼻子还是抽搭着。

跑过竹林，日金山上空的晚霞也已经消失。良平愈发魂不守舍，或许去时和来时的景色不同，这也让他心中不安。现在连衣服都被汗浸湿，良平感觉难受，又拼命跑了一阵后，脱下外褂，扔到路边。

来到橘田时，四周愈发昏暗。"只要保住小命。"良平这么想着，连滚带爬地跑着。

总算在远处的暮色中能看见村头工地时，良平想索性哭出来，但也只是撇撇嘴，依旧没哭出声，继续跑着。

进村后，道路两边，家家户户的灯都点亮了。良平也知道，在灯光的映衬下，自己头上正冒着热气。在井边打水的女人、从田里返回的男人，看见良平跑得气喘吁吁，都问道："怎么啦？"良平一语不发，跑过杂货铺，跑过理发店，从灯火通明的别人家门前跑过。

跑进自家门口时，良平终于哇哇大哭起来。听到哭声，父母顿时聚到他的周围，尤其是母亲，抱着良平，说着什么。良平手脚挣扎着，继续大声抽泣。或许哭声太响，暮色中，附近的三四个女人聚到良平家门口。父母自不必说，女人们也都询问良平哭泣的原因，可不管别人怎么说，他只是哭。想到从那么远的路跑回来，路上还担惊受怕，良平就觉得不管怎么号啕大哭都不为过……

二十六岁那年，良平和妻儿来到东京，目前在某家杂志社二楼，手拿红笔，负责校对。有时，没有任何缘故，他就会想起当年的自己。真的没有任何缘故吗？即便现在，在身心疲惫的良平面前，就像当年那样，蜿蜒小道还在延伸，路上有昏暗竹林，还有陡坡……

1922 年 2 月

报恩记

阿妈港甚内的话

我叫甚内,全名嘛——好像世人很早前就叫我阿妈港甚内。阿妈港甚内——您也知道这个名字嘛?哎呀,您不用惊讶,正如您所知,我是大名鼎鼎的盗贼。今天我来这里,不是来偷东西,这点请放心。

听说在日本的传教士中，您是德高望重之人。如此看来，让您和一个自称盗贼的人待一段时间，或许不愉快。但您也许想不到，我不仅仅打家劫舍。当年，吕宋助左卫门应召，进入聚乐殿，他手下二掌柜就叫甚内；利休居士珍藏一个亲自命名为"红头"的水罐，这是一位诗人送的，听说本名也叫甚内。说起来，就在两三年前，大村一带有个翻译写了一本书，书名叫《阿妈港日记》，他的名字不也叫作甚内吗？除此之外，在三条河边的斗殴中搭救麦克唐纳船长的虚无僧、在堺的妙国寺门前卖西药的商人……如果公开那些人的名字，不都是什么甚内吗？对了，比这些更重要的是，去年，有个信徒给这个"圣弗朗西斯"教堂进献了装有圣母玛利亚指甲的黄金舍利塔，他的名字也应该叫什么甚内。

但遗憾的是，今晚没有时间把所作所为一一告知。只是请您相信，阿妈港甚内和这个世上的其他人并无两样。是吗？那我尽量言简意赅地说明此行的目的。我希望您能为某个男人的灵魂做弥撒。不，不是我的亲人。但也不是我的刀下之鬼。名字吗？名字——我也不知道是否应该说出他的名字。为了那个男人的灵魂或者为了那个叫"保罗"的日本人祈祷一下冥福吧。不行吗？果然，阿妈港甚内拜托这种事情，您不会轻易答应。那我就把大致情况告诉您吧，你必须保证不管何时都不能告诉别人。虽然您胸口挂着十字架，但能保证遵守约定吗？哎呀——请原谅我的无礼。（微笑一下）竟然怀疑身为传教士的您，我这个盗贼犯上了。但如果不能遵守约定，即便不被熊熊燃烧的地狱之火烧死，也应该会受到现世报。

这是两年多前的事情。在一个秋风萧瑟的深夜，我装扮成云水僧①，在京城四处游荡。当晚不是第一次游荡了，已经有五天时间，只要过了初更，我就悄无声息地偷窥各家。目的何在？估计不用我说，您也明白。尤其是当时我打算远渡重洋，去马六甲，手头急需用钱。

街道上早就空无一人。在繁星闪烁的天空中，大风呼啸，片刻也未停歇。我沿着幽暗屋檐，来到小川大道，拐过一个十字路口后，突然看见一个四四方方的大宅子。这是北条屋弥三右卫门的宅邸，在京城无人不知。同样经营海上生意，北条屋虽然无法和角仓家相提并论，但好歹也有一两条船去暹罗、吕宋等地，肯定也是家财万贯。虽然我起初游荡的目的并非冲着他家，但碰巧走到这里，我就想大捞一笔，而且，正如前面所说，今晚夜黑风高。

---

① 徒步巡游各地的僧人。

对于我们这行买卖，真是千载难逢的时机。我把竹斗笠和禅杖藏在路边的消防水缸后面，随即越过高墙。

您听听世人是怎么说的。阿妈港甚内会忍术。所有人都这么说。不过，或许您会觉得我像普通人，不以为然。我既不会忍术，也不是恶魔的朋友。不过是在阿妈港的时候，一艘葡萄牙船上的医生教了我一些事物的道理、法则。只要实地一用，就发现拧开大锁、撬开重门之类的事情轻而易举。（微笑）从未尝试过的盗术也传自西方，正如十字架和枪炮传到未开化的日本一样。

不一会儿功夫，我进入北条屋家，在黑暗走廊上走到头，惊讶地发现虽已深更半夜，但从一个小房间里透出烛光，还传来人讲话的声音。从周围情形看，那肯定是一间茶室。"难道是寒风之茶吗？"我苦笑着，偷偷靠近那间屋子。事实上，此时传来人声，我并未觉得碍事，反倒兴趣盎然：在精致的茶室中，房主和来客享受着怎样的风雅呢？

我把身体凑到拉门前，不出所料，耳中传来壶水沸腾的声响。除此之外，竟然还有人的说话声和哭泣声。谁呢？其实无需再听，就知道那是一个女人。深更半夜，在这个大户人家的茶室里有女人哭，看来不是小事。幸亏拉门留了缝,我凝神屏息地透过那里偷看屋内情形。

借着灯笼里的烛光,只见壁龛上挂着古色古香的色纸,花瓶里插着秋菊。茶室里果然带有一种枯寂的情趣。佛龛前,坐在我正对面的老人大概就是主人弥三右卫门,他穿着一件细藤蔓花纹的外褂,双手交叉在胸前,在外人看来,他似乎正在听壶水沸腾的声响。一位气质高雅的老太太坐在下手,发髻上插着簪子,只能看见侧脸,不时地抹眼泪。

虽说生活无忧,但看上去还是有烦心事。我这样想着,自然而然地露出微笑。微笑——这么说,并不是对北条屋夫妇有恶意,对我这种四十年来背负恶名的人而言,他人的尤其是那些貌似幸福的富贵人家的不幸都会让我露出微笑。(表情残酷)当时,那对夫妇的哀叹在我看来就像是歌舞伎表演一般,令人心情愉悦。(皮笑肉不笑)或许不止我这样,估计所有人都喜欢看别家的悲惨故事。

片刻后,弥三右卫门叹着气,说道:"既然事已至此,就算你又哭又叫,也于事无补。我决定明天给店里人放假。"

就在那时,猛烈的寒风摇晃了一下茶室,盖住里面的声音,不知道弥三右卫门的夫人说什么。只见他点点头,双手放在膝盖上，抬头看向竹屋顶。粗眉毛、高颧骨尤其是细长眼角，越看越感觉那张面庞似曾相识。

"主啊，耶稣基督，请给我们的内心赐予力量吧……"

弥三右卫门合上眼，嘟哝起祈福语。老夫人似乎也和丈夫一样，祈祷上帝的庇护。我还是继续目不转睛地看着弥三右卫门的脸庞。又一阵寒风刮过，二十年前的记忆在我心中闪现出来。在那记忆中，我清晰捕捉到了弥三右卫门的形象。

所谓二十年前的记忆，哎呀，其实无需赘述，我就简短阐述一下事实吧。我在阿妈港时，危难之际，被一位日本船长搭救，当时没有互报名字，就天各一方。而我今天看到的弥三右卫门，就是那位船长。我依旧直勾勾地看着这个老人的面庞，惊讶于偶遇。他那宽阔厚实的肩膀、骨节粗大的手指，时至今日似乎还透着珊瑚礁的海潮味、檀香山的气息。

弥三右卫门结束长祈祷后，冲着老夫人静静地说起来。

"我觉得接下来的所有事就按照天主的旨意办。正好茶壶的水烧开了，给我泡一杯茶吧？"

老夫人忍住即将夺眶而出的泪水，无精打采地说道："好的。但我还是不甘心——"

"好了,那都是毫无意义的牢骚话。北条丸沉没了,砸进去的钱泡汤了……"

"不,不是那些。我在想,如果儿子弥三郎能在也好,可是……"

听到这些话,我再次露出微笑。不是因为这次北条屋家遭难而高兴,而是因为"报恩的机会来了"而高兴。对我而言,对阿妈港甚内而言,能得到一次像样的报恩机会,是令人愉悦的。哎呀,只有我独自知道这种愉悦。(皮笑肉不笑)这个世上的善人真可怜,他们没干过任何坏事,所以也就无法体会施善时的那种愉悦。

"你说什么?那家伙不在,我们反倒幸福一些……"弥三右卫门苦着脸,将视线转移到灯笼上,"如果那些钱没有被他糟蹋,说不定这次我们能渡过难关。想到这儿,把他赶出家门……"

说完,弥三右卫门吃惊地望着我。这也正常,当时,我一声不吭地打开拉门。要说装束,我当时穿着寒酸的僧衣,竹斗笠已经摘下,头上裹着头巾。

"你是谁?"

弥三右卫门虽然上年纪了,但瞬间就站立起来。

"哎呀,您不必惊慌。我叫阿妈港甚内。请您不要叫喊，阿妈港甚内虽说是盗贼，但今夜造访，有点其他事——"

我摘下头巾，坐在弥三右卫门面前。

之后的事，我不说您也能猜出来。为挽救北条屋家的危机，我和他结下报恩约定：三日内，不耽误一天，筹集六千贯①钱。——哎呀，谁在屋外？没听见脚步声吗？那今晚就此告别。反正明天或者后天晚上，我会悄悄再来一次。那个大十字星即便在阿妈港的天空闪烁，但在日本的天空中看不到。我就像那个大十字星一样，如果不在日本销声匿迹，也对不起"保罗"的灵魂。我今晚造访的目的，就是恳求您为他做弥撒。

北条屋弥三右卫门的话

神父大人，请听我的忏悔。您也应该知道，最近有一个闻名遐迩的盗贼，他叫阿妈港甚内。听说他曾住在根来寺的塔中，曾偷过杀生关白②的武士刀，曾经在遥远

---

① 旧钱币单位，一千文为一贯。
② 丰臣秀次的绰号，人们用"摄政关白"的谐音讽刺其暴戾。

海外袭击过吕宋的太守。或许您也听说，他被逮捕砍头，首级被放在一条回桥岸边示众。那个阿妈港甚内对我有大恩大德。正因为此，我才会无比悲痛。听完事情原委，请您能祈求天主垂怜北条屋弥三右卫门并宽恕我的罪过。

那是两年前冬天的事情。因为持续多日的暴风雨，我家的船北条丸沉没了，砸进去的钱也打了水漂。再加上其他事情，最后北条屋一家沦落到骨肉分离的境地。正如您知道的，商人只有生意伙伴，没有交心朋友。事已至此，我们的家业如同被旋涡吸进去的大船，只会坠落深渊，无法逆转。于是，某天晚上——时至今日，我也不会忘记当晚的事——在寒风呼啸的晚上，我们夫妇在您知道的茶室中交谈，甚至忘却已是深夜。当时，阿妈港甚内突然进来，他身穿僧衣，裹着头巾。我自然是又惊又怒。甚内告诉我，他本打算溜进我家宅子偷东西，但发现茶室有烛光，还有说话声，就隔着拉门窥伺，发现我北条屋弥三右卫门是他二十年前的救命恩人。他应该是这么说的。

被他一提醒，我想起来大概二十年前，我还在一艘船上做船长，专跑阿妈港这条航线。在我们停靠码头期间，曾救过一个连胡子都没长齐的日本人。听说他因为喝醉酒，杀死了一个人，被人追杀。如此看来，他就是今天那个叫阿妈港甚内的江洋大盗。总之，我知道甚内没有撒谎。幸亏家里人都睡下了，于是我就问他来意。

甚内就告诉我只要力所能及，他想挽救北条屋家的危机，借此报答二十年前的恩情。他还询问我需要多少钱救急。我不禁苦笑起来。让盗贼筹集资金。那可不是闹着玩的。如果他有那么多钱，也不会特意来我家偷盗。但当我说出数字，甚内思考片刻便爽快应允——今晚有点困难，等三天就能筹集到这笔钱——不管怎样，这可是六千贯的巨款，我并不指望他能筹齐。我已经做好思想准备，感觉那比掷骰子还不靠谱。

当晚，甚内在我家悠然喝完茶，顶着寒风回去了。转天，约定的钱没有送来，又过了一天，依然如此。第三天——下雪了，入夜后也没有任何消息。我说过，之前就对甚内的许诺不抱希望。但我没给店员放假，顺其自然，由此看来，心里多少还是有点期盼。事实上，第三天晚上，即便对着茶室的灯笼，每当传来大雪压折树枝的声响，我都会竖起耳朵。

过了三更，从茶室外的庭院中传来扭打的声响。我顿时想到甚内。难道捕役来了？想到这儿，我赶紧打开面向庭院的拉门,提着灯笼一照,只见在积雪很深的庭院前,在大明竹倒伏的地方,两个人正扭打着。其中一人猛地推开扑过去的另一人,穿过庭院树木,很快逃到院墙处。积雪坠落的声响、攀爬院墙的声响,之后就是一片寂静,看来那人已经安全落到院墙外。被推开的那人也没想追,掸掸身上的雪,安静地走到我面前:

"是我,阿妈港甚内。"

我呆若木鸡,目不转睛地看着甚内。他当晚还是穿着袈裟,裹着头巾。

"哎呀,闹出大乱子,打斗声如果没吵醒大家就好。"甚内走进茶室,脸上露出苦笑,"我悄悄来的时候,发现有个人正准备爬到屋底下。因此,我就逮住他,想看看长相,但还是让他逃了。"

我还像刚才那样担心是捕役,问他是不是官府的人。甚内说根本不是官府的人,是盗贼。

盗贼捉盗贼,没有比这更稀奇的事呢。这次,不是甚内,反倒是我不由自主地露出苦笑。那这件事姑且不论,如果不打听清楚资金是否筹齐,我还是心神不宁。未等我发问,甚内似乎看穿本人的想法,悠然自得地打开包袱,将金条摆在炉前。

"请安心。我凑齐了六千贯。其实昨天,我已经大致凑齐,但还差两百贯,今晚把剩余部分也带来了。请收下这个包裹。另外,在你们夫妇不知情的情况下,我把昨天筹到的钱款放在茶室地板下。估计今晚那个盗贼就是嗅到味道来的。"

我像做梦一样,听着他的话。接受盗贼的赠与——不用问您,我也知道,这或许不是善事。在我半信半疑他是否能筹齐欠款时,也未考虑善恶。事已至此,我也不能说不要;而且,如果不接受这笔钱款,不要说我,恐怕一家人都要流浪街头。请您至少怜悯一下本人当时的心境。不知何时,我恭恭敬敬,两手触地,跪在甚内面前,一语不发,老泪纵横……

之后的两年,我再没听闻甚内的消息。但多亏甚内,我们一家人才没有妻离子散,继续过着安稳日子。所以,我经常背着众人,悄悄向圣母玛利亚祈祷,希望他幸福。但是,怎么回事呢?最近,听来往的人说阿妈港甚内被捕了,还在回桥被斩首示众。我大吃一惊,背着人流泪。不过,一想到这也是他长期积恶造成的,的确也无话可说。不,倒不如说,如果他一直都未受天谴,反倒让人觉得不可思议。不过,为了报恩,我依然想偷偷地给他祈求冥福。我就是这么想的,所以今天没有带随从,独自赶到一条大街的回桥,去看看示众的首级。

我来到回桥岸边时,许多人聚集在示众的首级前。书写着罪状的白木牌、看守首级的差役,那都和平素相同。三根青竹支起的架子上放着首级——啊,那惨不忍睹、满是鲜血的首级是怎么回事?在嘈杂的人群中,我看到那个首级就愣住了。这不是甚内的首级,不是阿妈港甚内的首级。这粗眉毛、高颧骨、眉心的刀疤,无一处像甚内。但——突然,一阵惊愕向我袭来,仿佛阳光、周围的人群、竹竿上的首级都消失到遥远的世界。这不是甚内的首级,而是我的首级,是二十年前的我——正是搭救甚内时的我。"弥三郎",如果我的舌头能动,或许就叫出来了,可我不仅发不出声,身体还像打摆子一样颤抖不止。

弥三郎!我宛如在梦幻中一般,望着犬子的首级。那头微微仰起,半睁的眼睛一直盯着我。这是怎么回事?

难道因为什么差错,儿子被当作甚内?但如果审问过,应该不会出现如此差错。难不成阿妈港甚内就是我儿子?那个来我家的假僧人是冒名顶替。不,不可能有这种事。在偌大的日本,能不耽误一天,三天筹齐六千贯钱的,除了甚内,还能有谁?如此看来,当时,一个人影清晰地浮现在我心中，就是两年前的雪夜，在庭院里和甚内扭打的陌生人。那男人是谁？难道是我儿子？说起来，那男人的身姿，哪怕只随意看一眼，也感觉像我儿子弥三郎。这难道是我鬼迷心窍？如果是我儿子——我像从梦中刚醒来，凝视着那个首级。那发紫松弛的嘴唇处隐约残留着一丝微笑。

首级还会微笑——您听到这件事，或许会笑。我当时也以为看花眼，又反复看了几次，那干枯嘴唇处的确流露着明朗的微笑。冲着这不可思议的微笑，我出神地看了好长时间。但在露出微笑的同时，眼睛里也自然地溢出泪水。

"父亲，请原谅。"

那微笑似乎在无言诉说。

"父亲，请原谅我的不孝之罪。两年前的雪夜，被赶出家门的我想求得您的原谅，潜回家中。白天会让店里人看见，我觉得不好意思，因此特意等到晚上，打算敲您卧室的门，和您见面。但我发现茶室的拉门透出烛光，抱着怯意，正打算走过去，忽然后面有人一语不发，扭住我。"

"父亲，后来的事情，正如您知道的。因为事出突然，我一看到您，就推开那个可疑家伙，逃到高墙外。借着雪光反射，我看到那人竟然是僧人。确定无人追来后，我又大着胆子，潜回茶室外面，隔着拉门，听到你们谈话的所有内容。

"父亲，挽救北条屋的甚内是全家的恩人。如果甚内有危难，我决心哪怕抛弃生命，也要报恩。另外，除了我这样被赶出家门的流浪汉，无人可以报恩。这两年，我一直等待机会。就这样机会终于来了。请原谅我的不孝之罪。当年，我胡作非为，但为全家报恩了。这也让我稍许心安……"

归途中，我又哭又笑，钦佩儿子的刚毅坚定。您或许不知道，儿子弥三郎和我一样，都皈依本教，原先还有一个教名"保罗"。但是我家儿子也是不幸之人。不，不仅是我儿子。如果阿妈港甚内没有挽救我家的没落，或许我现在也不会唉声叹气。不管我怎么不舍，只能接受现实。是一家人没有分崩离析好呢，还是儿子没有被杀掉好呢？（突然痛苦地）请救救我。如果就这么活下去，我或许会憎恨大恩人阿妈港甚内……（长时间的唏嘘）

"保罗"弥三郎的话

啊,圣母玛利亚,天一亮,我就要被砍头了。即便头颅落地,我的灵魂也会像小鸟一样飞到您身边。不,恶贯满盈的我恐怕去不了神圣庄重的天国,只会坠落到可怕的地狱烈火中。但是,我已经满足,二十年来,我从未如此愉悦过。

我是北条屋弥三郎,但我被示众的首级叫作阿妈港甚内。我就是阿妈港甚内。还有比这更愉悦的事吗?阿妈港甚内——怎么样?难道不是好名字?哪怕仅仅在嘴上念叨一下这个名字,我就觉得这个幽暗地牢充满天国的蔷薇和百合花。

我永生难忘,两年前那个大雪纷飞的冬夜。我想和父亲讨要赌本,潜回老宅,发现茶室拉门透着烛光,便靠近偷看。突然有人一语不发,抓住我的衣襟,我挣脱开,但又被抓住。我不知道对方是何人,但他力气很大,绝非等闲之辈。我们僵持两三回合,茶室拉门被打开,拿着灯笼走出庭院的人正是父亲弥三右卫门。我拼命挣脱抓在胸口的手,逃到高墙外。

一口气跑了半町[1]，我躲在一个屋檐下，来回察看大路上的状况，黑夜中，除了不时刮起一阵白晃晃的雪雾外，别无动静。对方似乎放弃了，没追过来。那男人究竟是谁？一瞬间，我只看到他一副僧人打扮，但腕力强劲，由此看来那男人精通兵术，绝非普通僧人。首先，在这个大雪纷飞的冬夜，哪个僧人会去我家庭院？这难道不奇怪吗？思索片刻，我觉得就算再冒一次险，也要再潜回茶室一探究竟。

之后大约过了一个时辰，那个形迹可疑的行脚僧趁着雪停间隙，走过小川路。他就是阿妈港甚内，就是在京城里大名鼎鼎的江洋大盗，常以不同的形象——武士、诗人、市民、虚无僧[2]等出现。甚内走在前方，若隐若现，我紧随其后，迄今为止，从未像当时那么亢奋喜悦。阿妈港甚内！阿妈港甚内！不知多少次，我在梦里对他仰慕不已。偷走杀生关白武士刀的是甚内，骗走暹罗珊瑚树的是甚内，砍毁备前[3]宰相的沉香木，抢夺"贝莱拉"船长怀表，一夜捣毁五座金库，砍杀八名三河[4]武士，除

---

[1] 距离单位，1町大约109米。
[2] 虚无僧一般会戴着称作"天盖"的深斗笠，把脸遮住，吹着尺八，游历各地。
[3] 相当于现在的日本冈山县东南部。
[4] 相当于现在的日本爱知县中、东部。

此之外，还有许多被后人津津乐道的罕见恶行，都是阿妈港甚内所为。现在，在我的前方，那个甚内斜戴着竹斗笠，走在微亮的雪道上。能看见他这种样子，不也让人感到幸福吗？但我还想再幸福一点。

走到净严寺后面，我一口气追上甚内。这里全是土墙，没有人家，即便白天，这里也是避人耳目的绝佳场所。甚内看见我，没有露出特别惊诧的神色，只是静静地停下脚步，拄着禅杖，一语不发，似乎等我开口。我胆战心惊地趴在甚内面前，看到他沉静的面容，竟然无法顺畅地发出声。

"请原谅失礼，我是北条屋弥三右卫门的儿子弥三郎。"我终于开口了，脸滚烫，"说实话，我有事相求，才跟您过来的……"

甚内点点头。即便这样，胆小的我也感觉非常欣慰。虽然有了说话的勇气，我依旧趴在地上，简短告诉了他一些事情：我被父亲赶出家门；和流氓无赖沉瀣一气；今夜本打算去父亲家偷点东西，没承想遇到甚内以及我听到了父亲和甚内密谈的全部内容。甚内还是闭着嘴巴，一语不发，冷眼看着我。说完，我又跪着往前凑近几步，观察甚内的表情：

"您施与北条一家的恩惠,我也有份。我不会忘记您的恩情,决定成为您的手下。请您使唤我吧。我会偷盗,也会放火,除此之外,只要干普通坏事,我都不比别人差……"

但甚内还是沉默,我心情激动,越说越起劲:

"请您使唤我,我能干得很好。京都、伏见、堺、大阪……没有我不知道的地方。我一天能走十五里路。力气也大,能单手举起四斗重的麻包。我还杀过两三个人。请使唤我,为了您,我愿意做任何事。您让偷伏见城的白孔雀,我就会给您偷来。让我去烧'圣弗朗西斯'教堂的钟楼,我就烧给您看看。让我拐骗右大臣家的公主,我就给您拐来。让我去取奉行①的首级,我就——"

我还没说完,突然就被踢倒在雪地里。

"混蛋!"

甚内呵斥一声,准备走开,我几乎疯了一样,拽着他僧衣的衣角。

"请使唤我吧。不管怎样,我都不会离开您。为了您,我能上刀山下火海。那个《伊索寓言》里的狮子不也被一只老鼠搭救吗?我就要成为那只老鼠。我要——"

---

① 武家时代的职务,负责执行公务,始于镰仓幕府。

"闭嘴！我甚内不会接受你这种人的恩情。"甚内甩开我的手，再次把我踢倒在地，"你这个癞子，还是好好孝敬父母吧！"

第二次被踢倒时，我突然感到窝心：

"行吧！我一定会报恩。"

甚内根本不理睬我，头也不回，沿着大雪覆盖的道路，大步流星地走开了。不知何时，月亮出来，月光下，他的竹斗笠若隐若现……自那以后，两年间，我一直没有看到甚内。（突然笑起来）"我甚内不会接受你这种人的恩情。"当时，那男人是这么说的，而等到天亮，我就要代替他，走向断头台。

啊！圣母玛利亚，您不知道，这两年我非常痛苦，一直想着如何报答甚内的恩情。想报恩？不，与其说报恩，不如说报仇。但甚内在何处？连这个都无人知晓。我遇到过小个子、四十上下的假僧人；在柳町的风月场所遇到过不到三十、红脸庞、大胡子的浪人；遇到过扰乱歌舞伎小屋的驼背红毛番；遇到过梳着前刘海的年轻武士，他说自己劫掠过妙国寺的财宝。如果这些人都是甚内，要想分辨真伪，绝非常人所及。雪上加霜的是，从去年底起，我患了吐血的毛病。

我想报仇！我一天天消瘦下去，脑子里还想着这件事。某晚，我突然计上心头。圣母玛利亚！圣母玛利亚！一定是您赐予我这个智慧的。舍弃自己的躯体，舍弃这个因为咳血而羸弱无力、皮包骨头的躯体。只要我做好思想准备，就能实现夙愿。那晚，我欣喜若狂，独自窃笑，重复同一句话："代替甚内被砍头，代替甚内被砍头……"

代替甚内被砍头，真是妙不可言。如此一来，甚内的罪过将和我一起消亡。甚内就能在广阔的日本趾高气扬地走路。与此同时（再度笑起来），与此同时，我也就在一夜间成为旷世少有的江洋大盗。成为吕宋助左卫门的手下，切毁备前宰相的沉香木，成为利休居士的朋友，骗取暹罗的珊瑚树，捣毁伏见城的金库，砍杀八名三河武士，甚内所有的名誉都被我夺走。（三度笑起来）这正所谓帮助甚内的同时，也抹掉甚内的名字；为全家报恩的同时，自己也大仇得报。这才是最让人愉悦的报恩和复仇。那晚，我欣喜若狂，自然一直笑得合不拢嘴。即便如今在这个牢狱中，我还是忍不住要笑。

想到这条计策后，我便进入内宫偷盗。入夜后，夜色未深，隔着帘子能看见烛火闪动，松林中花影朦胧，这种场景，似曾相识。我从长回廊的屋顶跳入空无一人的庭院时，果然被四五个负责守卫的武士逮住。那时，一个满脸胡子的武士把我摁在地上，用绳子死命捆绑时，嘴里嘟哝起来："这次总算逮住甚内。"是的，除了阿妈港甚内，谁敢闯入大内深宫呢？听到这句话，我虽然还在拼命挣扎，但嘴角已经情不自禁地露出微笑。

"我甚内不会接受你这种人的恩情。"那男人是这么说的。但等到天亮，我就要替他赴死。这个耳光甩得多舒服。我被示众的首级就等着那男人的到来。面对首级，甚内一定能感受到无声的哄笑。"怎么样？弥三郎的报恩？"哄笑声会这么说。"你已经不是甚内，阿妈港甚内是这个首级，它才是闻名遐迩的日本第一江洋大盗。"（笑起来）啊！我很愉快。像这样感到愉快的事，一生只有这一次。但如果父亲弥三右卫门看见我的首级……（表情痛苦）请原谅儿子吧。患上咳血病的儿子，就算没被斩首，也活不过三年。请原谅儿子的不孝。我曾经胡作非为，总算能为全家报恩啦……

1922年4月

仙人

诸位,我现在大阪,所以就聊聊大阪的事情。

从前,有个男人来大阪找工作,名字不为人知。他不过是个帮人烧菜做饭的男仆,所以人们就叫他权助。

权助钻进职业中介所的门帘里,请求里面叼着烟管的掌柜介绍一份工作:

"掌柜的,我想成为仙人,请您帮我找这样的人家住下来。"

掌柜呆若木鸡,半天没有开口回话。

"掌柜的,您能听见吗?我想成为仙人,请您帮我找这样的人家住下来。"

"真是不好意思——"掌柜总算恢复常态,大口吸起烟,"小店从未帮人介绍过成为神仙的工作。请你还是去别家看看吧。"

穿着淡蓝色细筒裤的权助有点愤愤不平,挪动膝盖,向前几步,说出下面一番道理:

"此话差矣。您想想,贵店门帘上写着什么?不是写着'万能职业介绍所'吗?所谓'万能',就是不管什么工作都能介绍。难不成贵店门帘上写的是谎话?"

他这么一说,让人觉得权助的恼怒倒也理所当然。

"不,门帘上没有写假话。如果你非要找一份能成为仙人的工作,请明天再来。今天,我要看看有没有相关地方。"

掌柜搪塞敷衍,暂且答应权助的请求。掌柜压根就不知道介绍权助去何处可以让他修道成仙,因此,把权助打发走后,他赶紧去附近的医生家,说完权助的事,不安地询问道:"您觉得怎么办?为让他修道成仙,介绍哪份工作是捷径呢？"

对这个问题，医生也很困惑，好一阵子，叉着双臂，茫然望着庭院里的松树。不过，听到掌柜的话，医生老婆立刻在边上插话，她为人狡猾，外号"老狐狸"。

"那就让他来我家。在我家待两三年，我肯定能让他成为仙人。"

"是吗？我可算听到一个好消息。那拜托了。我就觉得仙人和医生缘分相近。"

一无所知的掌柜不停地鞠躬致谢，欢天喜地离开了。

医生苦着脸，送走掌柜，便冲老婆懊恼地抱怨起来，"你说什么蠢话啊？如果那个乡巴佬今后抱怨，说自己待了好几年也没学到成仙之术，你打算怎么做？"

老婆不仅没道歉，反而哧笑着，把医生教训一顿：

"好了，你保持沉默。像你这种老实巴交的人，在这个艰辛世道，恐怕饭都吃不上。"

第二天，按照约定，乡巴佬权助和掌柜一起来了。或许权助觉得是初次拜谒东家，特地穿上带有家徽的短外褂，然而，别人还是一眼就能看出他就是彻头彻尾的普通老百姓。或许这身行头让医生意外，他目不转睛地看着权助，就像打量从天竺来的麝香兽。

"听说你想成为仙人，你究竟为何会产生如此念头呢？"

医生狐疑地问道。权助连忙作答：

"也没有什么特别值得一提的原因。只是我在拜谒大阪城时，觉得连太阁大人那样的伟人早晚也要死，如此看来，人啊，不管多么荣华富贵，终究还是无常短暂。"

"只要能成仙，你什么活都干吗？"

狡猾的医生老婆赶忙在一旁插嘴。

"是的。只要能成仙，我任劳任怨。"

"那从今天起，你在我家干二十年。如果这样，第二十年的时候，我教你成仙之术。"

"是吗？那太好了。"

"作为交换，未来的二十年中，我们分文不给。"

"好的。好的。我懂。"

之后的二十年，权助在医生家做工，挑水劈柴，做饭清扫，还背着药箱陪同医生外出，而且，分文不取。像他这样的仆人真是难得，在全日本也找不到第二个。

二十年过去了，权助又像来时那样，穿着带有家徽的短外褂，来到东家夫妇面前，谦恭感谢他们这些年的关照：

"顺便，就像我们很久前约定的，今天，请你们传授长生不老的仙术。"

听到权助的话，东家医生大伤脑筋，不管怎样，这二十年一直使唤权助，还分文未给，事到如今，却说不知道仙术，这种话怎么也说不出口。

"我老婆知道成仙之术，让她教。"

医生一筹莫展，冷淡地别过脸。

他老婆毫不在乎：

"那我就传授成仙之术。不管多难的事，你都要照做不误；否则，不要说成不了仙人，而且今后二十年如果不义务干活，就会遭到惩罚，一命呜呼。"

"明白！不管多难的事，我都做给您看。"

权助喜不自胜，等候医生老婆的命令。

"那就爬到庭院的那棵松树上！"

她吩咐道。其实，她原本就不知成仙之术，只想说一些权助力不能及的难事；如果权助做不到，今后二十年又可以免费使唤他。权助听到她的话，立刻爬上庭院的那棵松树。

"高一点，爬得再高一点！"

医生老婆站在廊台前，抬头望着松树上的权助。只见宽敞庭院中，权助身上那带有家徽的短外褂在松树的最高枝头上飘动。

"现在放开右手。"

权助用左手紧抓住粗松枝，慢慢放开右手。

"接下来，放开左手。"

"喂！喂！如果放开左手，那乡巴佬就会掉下来。地上有石头，如果掉下来，肯定会丧命。"

医生也走到廊台前，忧心忡忡地露出脸。

"无需你出场。好了，交给我处理。快点，放开左手。"

话音未落，权助决然地松开左手。不管怎样，爬到树上，松开双手，没有不掉落的道理。一瞬间，权助的身体，权助穿在身上的带有家徽的短外褂，就离开了松树枝。然而，虽然离开，但权助没有坠落，而是像提线木偶般，悬停在半空中。

"非常感谢！多亏你们，我也成为了了不起的仙人。"

权助毕恭毕敬鞠个躬，安静地在蓝天上迈步前行，渐渐地上升到高空的云朵中。

医生夫妇后来怎样，无人得知。但那棵庭院的松树一直保留到后世。据说淀屋辰五郎①为欣赏松树雪景，特地让人把这棵四个人都抱不过来的松树移植到庭院里。

1922 年 3 月

---

① 元禄时期（1688—1704 年）的大阪富商，因违背幕府的"禁止奢侈令"，1705 年受到处罚，家产充公。

庭院

上

那是中村世家的庭院，相当于这个老旅店的中心地带。

明治维新后的十年间，庭院多少还保持着往昔模样。葫芦形的水池清澈见底，假山上的松枝也低垂摇曳。栖鹤轩、洗心亭这些亭阁也都保留下来。水池尽头的后山崖壁上，银白色瀑布飞流直下。棠棣花年复一年向四周蔓延，石灯笼依然伫立原处。当年，和宫殿下莅临本地，亲自给石灯笼命名。尽管如此，这庭院还是让人感觉有点荒废。尤其初春当嫩芽在庭院内外的树梢上萌发时，感受更加真切：在这种人造景观背后，某种令人不安的野蛮力量正步步紧逼。

中村家的老爷子是豪爽义气之人，目前退隐后台，在面朝庭院的正屋中，借着被炉的热气和头上长着疥疮的老伴时而下围棋，时而打配花①，过着无忧无虑的生活。他有时也会因为被老伴连续赢了五六次而恼羞成怒。继承家业的长子和表妹结婚，这对新婚夫妇住在狭窄的偏房中，和正屋之间有走廊相连。长子雅号文室，但脾气暴躁，不要说多病的妻子和弟弟，就连老爷子也忌惮几分。只有当时寄宿在旅店里的乞丐王井月常去他那里玩。令人纳闷的是，长子只对井月和颜悦色，给他酒喝，让他写字。甚至还留存两人的联袂之作——"山中漂花香，不时闻鹃啼"（井月），"四面又八方，白练依稀见"（文室）。他还有两个弟弟：二弟去了卖米的亲戚家，给人家做养子；三弟在一个离这里五六里路的大酒坊做工。两人似乎商

---

① 配同花色牌，并根据赢牌或分数来决定胜负。

量好一样，难得回祖屋。三弟因为工作的地方离家较远，并和大哥不对脾气；二弟则放荡不羁，自我作践，连养父母家都几乎不回去。

又过了两三年，渐渐地，庭院越来越荒废。水池里漂浮起绿藻，灌木丛中也夹杂着枯木。期间，退隐的老爷子在一个大旱的夏天，因为脑溢血而突然离世。猝死前的四五天，他一喝烧酒，就说看到一个白色装束的公卿在水池对面的洗心亭进出。他在大白天就产生如此幻觉。第二年春末，次子卷走养父母的钱，和一个风月女子私奔。又过了一年的秋天，长子的老婆生下一个不足月的孩子。

父亲死后，长子和母亲住正屋。当地的小学校长则租用那间偏房，他信奉福泽喻吉的实用主义学说，不知何时，说服长子在庭院里种上果树。自此，一到春天，在司空见惯的松树和柳树间，桃花、杏花、李花竞相开放，姹紫嫣红。有时，校长陪长子漫步在新果园，并评点说"如此一来，还可以欣赏到五颜六色的花朵，可谓一举两得"。正因为此，相比以前，假山、水池和亭阁更加黯淡无光。这就是所谓的"自然荒废在前，人为破坏在后"。

那年秋天，后山又发生近年少有的火灾，那以后，落入池中的瀑布也突然断流。祸不单行，到了下雪时，长子染病，经医生检查，确定是过去的痨病，相当于现在的肺炎。他有时卧床，有时起来，脾气愈发暴躁，来年正月，竟和来拜年的三弟吵得不可开交，还用手炉砸对方。自此，三弟再也没回来，连大哥临终时也没来看望。一年多后，在妻子的守护下，长子在蚊帐中断气。"青蛙在叫呢，井月在干吗"，这就是他的临终留言。井月早就不来乞讨了，似乎看腻这里的风景。

长子头七期满后，老三和东家的小女儿喜结良缘，正好原本租用偏房的校长调任他处，这对新婚夫妇就住了进去，并搬来漆黑橱柜，还用红白布段将屋内装饰一新。期间，大儿媳也患上和丈夫一样的痨病。自从母亲咳血，失去父亲的独苗廉一也只能每晚和祖母睡在一起。祖母躺下睡觉前，必定会把手巾盖在头上，但到深夜，头疮的臭气还会引来老鼠。如果忘记盖手巾，有时会被老鼠啃食头部。那年年末，大儿媳油尽灯枯，撒手人寰。她下葬后的第二天，假山后面的栖鹤轩被大雪压塌。

又一年春天来到时，庭院中，池塘浑浊不堪，岸边只有杂树林发出新芽，洗心亭的茅草屋顶残存其中。

中

在一个大雪将至的阴霾傍晚，私奔他乡的老二时隔十年回到父亲家。虽说是父亲家实际上俨然是老三家。老三平静地迎接这个放荡不羁的哥哥，仿佛无事发生，没有特别反感，也没有特别开心。

自此，患有恶疾的老二就守着被炉，躺在正屋的佛堂里。佛堂里有一个很大的佛龛，上面排列着父亲和大哥的牌位。为了不看见那些牌位，他把通向佛龛的拉门关闭严实。除了和母亲、三弟夫妇同吃三餐，几乎不露面。只有孤儿廉一时常去他房间玩耍。他在廉一的厚纸板上画一些山、船之类的东西，"向岛正是山花烂漫时，卖茶的姐姐请出来"，有时，他也会用潦草的字迹写下过去的歌词。

就这样，又是一年春天。庭院中草木滋生，桃花、杏花零星绽放，洗心亭的影子也映照在浑浊的池面上。老二依旧独自关在佛堂里，即便朗朗白天，他几乎也是昏昏欲睡。一天，微弱的三弦琴声传入他的耳中，与此同时，还能断断续续听到歌词："此次诹访之战，松本一方的吉江大人,为加固大炮……"老二躺着,微微抬起头。弹琴唱曲的都是母亲。"那天出阵,光彩耀人,勇猛向前,堪称勇士,天下无双……"或许是唱给孙子听,母亲继续唱着重新填词的大津绘曲调①。这些曲调在二三十年前流行一时,据说是生性风流的父亲从某位花魁处学来。"身中敌弹,命丧丰桥,令人扼腕,一生短暂如草露,威名远播传后世……"不知何时,在老二满是胡须的脸上,两眼竟然泛出光彩。

两三天后,老三看见哥哥在长满款冬的假山后面挖土。老二上气不接下气,笨拙地挥动铁锹,虽然姿势滑稽,但看得出是动真格。"二哥,你在干吗?"老三叼着卷烟,在他身后喊道。"说我吗?"老二抬起头,眯眼看着弟弟。

"想在这里开挖小河。"

"开挖小河干什么呢?"

"想把庭院恢复如初。"

老三只是微微一笑,不再追问下去。

老二每天拿着铁锹,继续热情高涨地挖着小河,即便这点工作,对体弱多病的他而言,也绝非易事。首先,

---

① 大津绘是元禄时期在日本大津一带出售的关于佛像、民间信仰、传说等内容的绘画。以这些内容为基础编成的曲调,就称作大津绘曲调。

他容易疲劳，而且，又生疏劳作，干起活总是不能得心应手，不是长老茧，就是掉指甲。他经常扔掉铁锹，像死了一样躺在地上。不管何时，他身边都一成不变升腾的热气中，花草嫩叶看上去都雾蒙蒙的。不过，安静几分钟后，他又跟跄地站起来，继续执着地挥动起铁锹。

然而，过去了好几天，庭院也没有发生显著变化。池边依旧杂草丛生，灌木丛中的杂树林依旧枝条横亘。尤其是果树上的花朵凋零后，让人感觉比之前更荒芜。非但如此，不论男女老少，一家人都不同情老二的工作。喜欢投机冒险的老三只关心米价涨跌和蚕的价格。对于老二的疾病，老三媳妇抱有一种女人天生的厌恶感。母亲担心他的身体，担心他过于捣鼓土地而有损健康。即便如此，老二还是不改初衷，不受他人和自然的影响，继续一点点地改造庭院。

某个雨后天晴的早晨，他走到庭院，只见廉一在款冬垂落的小河边搭着石头。

"叔叔。"

廉一开心地抬头看着他。

"从今天起，就让我帮您吧。"

"嗯，好的。"

此时，老二露出久违的爽朗笑容。那以后，廉一也不外出，起劲地帮着叔叔。老二也为了犒劳侄子，在树阴下休息时，会讲一些廉一不知道的事情，比如大海、东京、铁路等。廉一嚼着青梅，听得津津有味，如痴如醉，仿佛被人施了催眠术。

那年的梅雨季雨水很少，他们——上年纪的废人和孩子，头顶烈日，不管青草的热气，挖水池、砍木头，一点点扩大工程。可是，即便多少能克服外在困难，内里的困难却让人一筹莫展。老二对往昔庭院有个大致印象，但涉及细节，比如树木配置、小路布设等，他就想不清楚了。老二经常干着活，就突然挂着铁锹，环顾四周。"怎么啦？"廉一看着叔叔，眼神中充满担心。"这里原来是什么样子呢？"汗流浃背的叔叔总是转来转去，自言自语，"我记得这棵枫树不在这里。"而旁边的廉一只能用满是泥巴的手捏死蚂蚁。

内里的困难还不止这些。随着天气越来越热，或许因为疲劳过度，不知何时开始，老二的头脑出现混乱。一度挖好的池塘又被填埋，刚拔出松树的地方又被栽上新的松树。这样的事情翻来覆去。尤其令廉一生气的是，为制作池塘所需的桩子，叔叔要砍伐岸边的柳树。

"这些柳树是最近才栽下去的。"廉一瞪着叔叔。

"是吗？我怎么记不得呢。"叔叔注视着烈日下的池塘，眼神忧郁。

即便如此，当秋天来到时，在一片草木丛中，庭院隐约露出雏形。当然，和往昔相比，既看不到栖鹤轩，瀑布也断流了。往昔的庭院出自名闻遐迩的庭院大师之手，风格雅趣，现如今的庭院几乎没有体现出来。但"庭院"就在那里。澄净的池水再次映照出圆形假山，松树再次在洗心亭前悠然地舒展枝叶。就在庭院初显成效时，老二卧床不起，每天高烧不退，身体关节也疼痛难忍。"就是因为你一直硬撑着。"坐在枕边的母亲总是重复着同样的抱怨。不过，老二是幸福的。庭院里还有几处需要调整，但也不可能一蹴而就。总之，费尽周折忙碌还是有意义的。对此，他很满足。十年的磨难教会了他豁达，豁达又拯救了他。

那年秋末，老二不知何时咽气了，谁都没注意。还是廉一首先发现，他大喊着，沿着走廊跑到偏房。很快一家人大惊失色地聚集到逝者身旁。"你们看，二哥笑着呢。"老三扭头看着妈妈。"哎呀，今天佛龛前的拉门打开了。"老三媳妇没有看逝者，而是关注着大佛龛。

老二下葬后，廉一经常独自坐在洗心亭前，凝视着秋日的池水和树木，显得无可奈何……

下

那是中村世家的庭院，相当于这个老旅店的中心地带。庭院复原后不到十年，整个宅子都被推倒，在遗址上建起火车站，前面有个小饭店。

那时，中村主家已经没有任何人。母亲早已作古，听说老三也因为生意失败，去了大阪。

火车每天来到车站，又离开车站。车站里只有一个年轻站长，他每天面对着大桌子，工作闲散。在休息间歇，他会望望青山，和当地的车站工作人员拉拉家常。他们的交谈中从未提及中村家的事情，更何况，谁都不会想到他们所在的地方曾经有过假山和亭阁。

此时，在东京赤坂的某个西洋画研究所中，廉一正面对着西洋画的画架。透过天窗的光线、油画颜料的气味、盘着桃髻的女模特——研究所的气氛和故乡的宅子没有任何关联了，但每当挥动画笔，一个孤寂老人的面庞就时常浮现在廉一的心中。那个微笑的面庞总是冲着因为作画而疲惫的廉一说道:"你还是孩子时就帮我工作。现在让我也来帮你吧。"……

时至今日,廉一虽生活困苦,还坚持每天作画。无人知晓老三的情况。

1922 年 6 月

一夜谈

"不管怎样,最近不能掉以轻心。连和田都和艺伎交往呢。"

藤井律师将杯中老酒一饮而尽,夸张地环顾众人。我们六个中年人围坐在圆桌边,当年,我们是同一所学校的室友。地点是日比谷陶陶亭的二楼,时间是六月的某个雨夜。当然,藤井说这些话时,我们的脸上也露出醉意。

"当我看见他和艺伎交往时,不胜感慨今昔之变。——"

藤井饶有兴趣地讲述着。

"在大家称呼'医学生和田'的日子里,他是柔道选手,是讨伐学校饭堂管理人员的干将,是利文斯顿[①]的狂热崇拜者,是仅穿单衣过冬的男人。用一句话来说,他就是豪杰。现在竟然和艺伎交往,而且是柳桥的小婉——"

"你最近改换码头呢!"

饭沼突然横插一杠,他是银行的支行长。

"改换码头?什么意思?"

"和田和艺伎首次认识就是你带他去的,不是吗?"

"你不要乱下结论。谁会带和田这种人去啊?——"

藤井昂然地挑着眉毛。

"那是上个月几号的事情呢?反正是周一或周二。相隔很长时间,我和和田见面,他说去浅草,对吧?虽然我对浅草不感兴趣,既然是亲爱的老友提议,我也就

---

① 英国传教士,曾经到非洲传教和探险。

欣然同意。大白天，我们去了六区①——"

"一起去了电影院？"

这次，我抢先发问。

"要是电影院还好，我们去了旋转木马游乐场，而且，两个人还正经八百地跨坐在木马上。现在想起来都觉得太可笑。那也不是我的提议，和田非常想坐木马，我只能陪公子读书。坐旋转木马可不轻松，像野口那样肠胃不好的人，还是不坐为好。"

"又不是孩子喽，谁会去坐木马这种玩意？"

那个叫野口的大学教授露出轻蔑笑容，腮帮子被蓝青色的松花蛋塞得鼓起来。藤井毫不在乎，不时地瞅瞅和田，扬扬得意地继续说下去：

"和田骑的是白木马，我骑的是红木马。随着乐队的音乐转动起来后，我就犯嘀咕，接下来会怎样？屁股腾空，眼睛昏花，只想着不要被甩下来。即便如此，我还是看见栏杆外的游客中夹杂着一个艺伎模样的女人，肤色苍白，眼睛湿润，显得有些忧郁。"

"能看清那些，就说明你没问题。刚才还说自己眼

---

① 位于东京都台东区浅草寺西南部，那里曾是曲艺剧场、电影院集中的娱乐场所。

睛昏花,真奇怪。"

饭沼又一次插嘴。

"所以我不是说'即便如此'吗?她盘了一个银杏卷①发型,穿着淡蓝色带条纹的薄哔叽和服,扎着印花布腰带,站在那里,楚楚动人,就像风月小说插图里的女人。那女人——我觉得纳闷——每当看见我,就嫣然一笑。我坐在木马上,还来不及惊讶,就从女人面前一闪而过。正当我想着她是谁时,乐队那帮家伙已经出现在我的红木马前。"

我们所有人都笑起来。

"第二次也一样,女人又宛然一笑,很快就一闪而过。我的前后左右只有木马、马车在腾跃,要不然就是喇叭的呜呜声、大鼓的咚咚声。我觉得难受。这象征着我等的人生。我们被迫坐在现实生活的木马上,即便偶尔遇见'幸福',还没抓住,就擦肩而过。如果想抓住'幸福',就要跳下木马。"

"你不会真跳下去吧?"

木村半开玩笑地问起来,他是电气公司的总工。

---

① 妇女的发型之一,将发髻上部向左右分开,梳成一对半圆形顶髻,流行于江户末期。

"别开玩笑。哲学是哲学,人生是人生。当我考虑那些事情时,已经第三次看到她的笑容。那时,我突然注意到,对此,我也大吃一惊。令人遗憾的是,那女人不是冲我露出笑容,而是冲着和田长平医生,那个讨伐学校饭堂管理人员的干将,那个利文斯顿的狂热崇拜者……"

"这么说,没有按照哲学教导跳下去,还是幸福的。"

不爱说话的野口也调笑起来。藤井依然执拗地讲下去。

"和田那家伙每次来到女人面前,也开心地点头致意。他就这样弯着腰,跨在木马上,只有领带垂落在身前——"

"撒谎!"

和田终于打破沉默,方才,他一直苦笑着,只是不停地喝着老酒。

"什么?我会撒谎?!当时还算好,等我们走出木马游乐场,和田就只顾和女人说话,似乎忘记我的存在,不是吗?女人也一直喊'老师、老师'。只有我无所事事,做电灯泡……"

"原来如此。这倒是奇谈。喂,和田,果真如此,你可要承担今晚的全部会费喽。"

饭沼把银勺子伸进大鱼翅盘里,扭头看着身边的和田。

"说什么呢。那女人是我朋友的外室。"

和田用双肘撑着脸,说得斩钉截铁,语气毫不客气。环顾一圈,与在座的其他人相比,他脸更加黝黑,长相也和城里人相去甚远,梳成中分的头如岩石一般结实。在往昔的校际比赛中,就算左臂骨折,他也能把五个对手摔到一边。即便现在穿着黑西服和条纹裤,一身当今流行的打扮,但身上显然还保留着当年的那份豪气。

"饭沼!难道不是你的外室吗?"

藤井隔着人头看看对方,露出醉酒者的微笑。

"或许吧。"

饭沼态度冷淡,没有正面回应,再次扭头看看和田。

"谁呢?你说的那个朋友。"

"一个叫若槻的实业家。在座诸位不认识吧?他毕业于庆应大学,现在创立了自己的银行,年纪和我们相仿,皮肤白,眼睛温柔,留着短胡须。对了,用一句话概括,就是喜爱风流的美男子。"

"是不是若槻峰太郎,笔名青盖的那个人?"

我在一旁插嘴,就在四五天前,我和那个叫若槻的实业家一起看过戏。

"是的。他出版了《青盖诗集》。那男人就是小婉的丈夫，不，直到两个月前，是小婉的丈夫，如今两人已分道扬镳——"

"哎？那个若槻——"

"他是我初中同学。"

"这就更让人坐不住了。"

藤井又兴奋地嚷起来。

"你瞒着我们，和初中同学去寻花问柳——"

"胡说八道！她来大学医院看病。受若槻所托，我提供了一点小方便，这才认识那女人。好像是副鼻窦炎之类的手术——"和田把老酒一饮而尽，眼神意味深长，"不过，那女人有意思。"

"你迷上她了呢？"

"或许吧，或许根本就没有。但与这些事相比，我想说那女人和若槻的关系——"

做完铺垫，和田滔滔不绝地讲述起来，和平时判若两人：

"正如藤井所言，前阵子，我偶然碰见小婉，聊了以后，才知道她在两个月前和若槻分手。即便问到分手原因，她也未正面回答，只是孤寂地笑着，说我不像若槻那么风流。

"当时,我没有继续追问,就各自回去了。但就在昨天——昨天下午,不是下雨吗?雨下得正大,我收到若槻的信,邀请我去吃饭。我恰好有空,就提前去了若槻家。他依旧悠然地在书房看书,那间铺着六张榻榻米的书房优雅别致。我就是这样一个粗人,根本不知道风流什么的,但走进若槻的书房,也能感受到所谓艺术性之类的,就是这种样子。首先,不管何时,壁龛上总挂着古老挂轴,鲜花也从没断过。书箱中装满日本书,书架上还排列着西洋书。别致的桌子旁有时摆放着三弦琴。若槻身在其中,穿着也带有一种当代浮世绘中通达之人的味道。他昨天也穿着奇怪的和服,我问那是什么衣服,他回答说是'占城'和服。虽然我有很多朋友,但身穿'占城'和服的,除了若槻,别无他人。不管怎样,他的生活,总是这种调调。

"那天,我和若槻推杯换盏,听他聊自己和小婉的交往经过。小婉还有其他男人,你们也别大惊小怪。你们知道对方是谁?据说是唱浪花调①的下等人。听到这里,你们肯定嘲笑小婉的愚蠢。说实话,我当时都苦笑

---

① 民间说唱故事的一种形式,由三弦琴伴奏,分说和唱两部分。

不出来。

"你们肯定不知道,这三年,若槻对小婉尽心尽力,不但照顾她母亲,还关照她妹妹。至于对小婉本人,不管读书写字,还是唱歌跳舞,只要她喜欢,总是请人传授教导。小婉因为舞蹈而出名,就算长调①,在柳桥一带也首屈一指。听说她还能吟诗对句,写得一手千荫流②的好字。这些都拜若槻所赐。得知这些,你们都会觉得荒唐至极,我当时更是惊讶得目瞪口呆。

"若槻和我是这样说的:'和她分手,没觉得什么。但我一直力所能及地教育她,想把她培养成通情达理、兴趣广泛的女人,我抱着这种希望。正因为此,这次我很失望。就算你有男人,也不能是唱浪花调的。她掌握那么多的技能,但骨子里的卑贱仍然无法消除。一想到这些,我就觉得心如刀绞……'

"若槻还告诉我这半年,她多少有些歇斯底里。有一阵子,几乎每天像孩子一样哭喊,说'今天我不想拿三弦琴'。'当我问原因时,她又说一些不着边际的理论,说我之所以让她学习技能,就是因为不喜欢她。那时,

---

① 作为歌舞伎舞蹈伴奏音乐,在江户时期发展起来的三弦琴音乐。
② 书法的一个流派,鼻祖是加藤千荫。

无论我说什么,她似乎充耳不闻,只会懊恼地反复说我薄情寡义。等发作完,就说之前都是玩笑话……'

"若槻还告诉我:'听说那个唱浪花调的家伙一直就是粗鲁胡来之人。他以前认识在烤肉店工作的女服务生,当人家有了别的相好,他就把女人暴打一顿,造成重伤。'除此之外,关于那男人还有许多不好的传闻——强迫女人和自己殉情,和师傅的女儿私奔等。小婉竟然和他勾搭,真不知道是怎么想的……'

"我刚才说了,对于小婉的不检点,我也瞠目结舌。但在听若槻讲述的过程中,我逐渐同情起小婉。作为丈夫,若槻的确是当代少见的通情达理之人,但他不也说'和她分手也没什么大不了'?即便那是托词,但他肯定不是特别迷恋小婉。那个唱浪花调的家伙,不就是因为太憎恨女人的薄情寡义才将对方打成重伤吗?站在小婉的角度考虑,与高雅而冷淡的若槻相比,那个粗鲁而热烈的唱浪花调的家伙打动她也是自然。小婉说若槻之所以让自己学习各种技能,就是不爱自己的证明。从这句话中,我也没光看到歇斯底里。我知道小婉和若槻之间存在交流鸿沟。

"我也不会因为小婉就祝福她和唱浪花调的家伙的爱

情。会幸福呢，还是不幸福呢，很难确定。如果不幸福，我认为应该诅咒的不是那男人，而是置小婉于这种境地的通情达理之人青盖。若槻，不，当代所有通情达理之人，如果单从个人角度思考，都值得爱。他们理解芭蕉，理解托尔斯泰，理解池大雅，理解武者小路实笃。可那又怎样？他们不知道热恋，不知道创造所带来的巨大喜悦，不知道道德意义上的炽热情感，对炽热的事物——让这个地球庄重肃穆的所有炽热事物——他们一无所知。我觉得其中蕴含着他们的致命缺点，也潜藏着他们的危害性。危害之一是，他们会主动让别人成为通情达理之人；危害之二是他们努力的反作用，让别人更加低俗。小婉不就是例子吗？长期口渴的人必定连泥水都会喝。如果小婉不是若槻的外室，或许就不会和唱浪花调的家伙相爱。

"如果要变得幸福——不，或许离开若槻，得到唱浪花调的家伙，单就这点而言，你说幸福也算幸福。藤井刚才不是说了吗？我们所有人都一样，坐在现实生活的木马上，即便偶尔遇到'幸福'，还没抓住，就擦肩而过。如果想抓住'幸福'，索性就跳下木马。也就是说，小婉不顾一切，从现实生活的木马上跳下去。像若槻那样的通情达理之人不会理解这种巨大的喜悦和痛苦。每次想到人生价值，我即便唾弃一百个若槻，也会尊重一个小婉。

"你们不这么认为？"

醉意朦胧的和田两眼放光，环顾着鸦雀无声的一桌人。不知何时，藤井已经把头耷拉在圆桌上，酣然入睡。

1922 年 6 月

阿富的贞操

明治元年(1868年)五月十四日午后,一则通告被发布:"明日拂晓,官军将进攻东睿山彰义队[①],上野附近市民,速撤。"在下谷町二丁目的日杂店中,店主古河屋政兵卫一家撤离后,一只名叫三毛的大公猫安静地

[①] 1868年,以德川庆喜身边的幕府旧臣为中心,结成了彰义队,打着"保护庆喜、守卫江户"的名义,占据了上野的宽永寺,后来被大村益次郎指挥的官军消灭。

弓着背，蹲在厨房一角的干鲍鱼前。

即便是下午，大门紧闭的屋内还是漆黑一片，鸦雀无声，只有连日雨声传入耳中。看不见的屋顶上，忽而暴雨如注，不知何时，又消失得无影无踪。每当雨声变大，猫就会瞪大琥珀色的眼睛。在炉灶都分辨不清的厨房中，唯有这时能看到瘆人的磷火。当发现除了雨声，没有其他变化后，猫又一动不动，再次把眼睛眯成一条线。

如此情况反复几次，或许是困倦了，猫连眼睛都睁不开。但屋外的雨依旧忽大忽小。两点、两点半……时间在雨声中渐渐来到傍晚时分。

接近下午四点时，猫似乎受到什么惊吓，突然睁大眼睛，竖起耳朵。雨势比之前小多了，从屋外道路上传来穿街而过的轿夫的喊声，除此之外，别无声响。但沉寂几秒后，原本漆黑一片的厨房开始蒙蒙亮起来，逐渐能依次看见狭窄屋子里的灶台、无盖水缸中的水波、灶神旁的松枝、天窗的拉绳……猫显得更加不安，瞪大眼睛，看着被打开的厨房门，慢慢抬起庞大身躯。

此时，一个被大雨淋成落汤鸡的乞丐打开厨房外门，不仅如此，还拉开里面的拉门。他先把裹着旧手巾的脖子伸进来，侧耳倾听，打探一下寂静里屋的动静，确定无人后，蹑手蹑脚走进来。他裹着簇新的草披，上面还有刚刚被雨水打湿的痕迹。猫耷拉着耳朵，往后退了两三步。乞丐丝毫不惊慌，反手关上拉门，缓缓摘下脸上的手巾。他满脸胡子，两三处还贴着膏药，虽然脏兮兮，倒也是普通人长相。

"三毛，三毛。"

乞丐掸掸头上的雨水，擦擦脸上的雨滴，小声叫着猫的名字。或许听过这个声音，猫又竖起耷拉下的耳朵，但还是站在原地，用狐疑的眼神凝视着来人。乞丐脱下草披，猛地盘腿坐在猫面前，两条小腿上全是泥巴，遮住了原本的肤色。

"三毛先生，怎么回事？空无一人，看来唯有你被抛弃了。"

乞丐独自笑着，用大手抚摸着猫的头。猫有点想躲开，但并未马上飞奔而走，反倒坐在那里，眼睛渐渐眯成一条缝。乞丐没有再摸猫的头，而是从旧浴衣的怀中掏出一把铮亮的短枪，借着昏暗光线，检查起扳机。一个乞丐在充满"战争"气氛、空无一人的厨房里摆弄着短枪，这的确像小说中的场景，并不多见。不过，猫依然眯着眼，弓着背，漠然坐在那里，仿佛知道所有秘密。

"三毛先生,明天这一带就会弹如雨下。被这玩意儿打中会死的,所以不管明天多么喧闹,你还是在廊台底下躲一天吧……"

乞丐检查着短枪,时不时冲着猫说几句。

"我和你也是老朋友了,今天告个别。明天对你来说也是大灾之日,我明天可能也会死。就算侥幸没死,我也不想再和你一起去垃圾箱翻找食物。如此一来,你会高兴吧。"

说话间,大雨又"哗哗"地下了一阵,乌云也迫近屋顶,房瓦处升腾出雾气。厨房的光线比先前更加昏暗,但乞丐头也不抬,检查完短枪后,认真地填充起弹药。

"难不成你会舍不得我离开。不,人们都说猫这玩意儿连三年之恩都会忘却,你恐怕也靠不住。好了,这些事都无所谓。不过,我不在的话——"

乞丐突然闭口不说,似乎有人走到厨房外边。乞丐收起短枪,同时扭头察看情况。几乎在同一时刻,厨房外的拉门被"哗啦"一下拉开。一瞬间,乞丐拉开架势,迎面看向来者。

打开拉门的人看见乞丐,反而被吓了一跳,小声惊叫起来。那是一个年轻女子,赤着脚,撑着伞。她几乎本能地想扭头跑回雨中,但从方才的惊吓中定下神后,透过厨房的昏暗光线,目不转睛地看着乞丐。

或许还没回过神,穿着旧浴衣的乞丐单腿跪在地上,直勾勾地望着对方,不过,眼睛里已经没有方才的警惕神色。两人默默地对看了一段时间。

"怎么回事?不是新公吗?"

她冲乞丐说道,略微镇定下来。乞丐也嬉皮笑脸地冲女子鞠了两三次躬。

"非常对不起,雨下得太大,就到空房子避雨。哎呀,我可没想趁机偷东西。"

"你吓了我一跳。真的,就算你没打算偷东西,也不能随便闯入别人家,厚颜无耻也该有个限度。"她甩着伞上的雨水,生气地补上一句,"快点,从这里出去!我要进屋。"

"什么?出去?你不说,我也会出去。但小姐姐你还没有往后退呢。"

"我已经退后啦。退不退后也没关系,不是吗?"

"你是不是忘了什么东西?是吧。好了,你到这边来,那里会被雨淋。"

她似乎余怒未消,也不回话,坐在厨房地上,把泥腿伸到水池处，往上面"哗啦哗啦"浇着水。盘腿坐着的乞丐满不在乎，摸着满是胡须的下巴，凝视女子。她是一个乡下女孩，肤色有点黑，鼻子附近有雀斑，穿着与仆人身份相称的棉布单褂，只系着一条小仓产腰带。不过，她眉眼灵动，体态丰腴，美丽得让人联想到新桃和梨子。

"兵荒马乱的，你回来取东西，是不是忘记了什么重要东西？那是什么呢，小姐姐阿富？"

新公继续追问着。

"和你没关系。与其关心这个，还不如赶快出去。"

阿富的回答生硬冷淡，但似乎想到什么，抬起头，满脸认真地询问起一件事：

"新公，你看见我家的三毛没有？"

"三毛？刚才还在这里。哎，跑哪儿去了呢？"

乞丐环顾四周，只见猫不知何时已经跑到架子上，缩在铁锅和擂钵之间。阿富几乎和乞丐同时发现三毛，赶紧丢下水瓢，从地上站起来，似乎忘记了乞丐的存在，开心笑起来，招呼着架子上的三毛。

新公觉得不可思议，视线从昏暗架子上的三毛转移到阿富身上：

"小姐姐，你忘掉的东西难道是猫？"

"猫怎么啦？不行吗？三毛，三毛，快下来！"

新公突然笑起来。在响彻四周的雨声中，那笑声回荡在房间里，让人毛骨悚然。阿富再次生气地涨红脸，突然大骂起新公：

"有什么可笑的？！我家夫人忘记带三毛，都快疯了。她哭得死去活来，说：'如果三毛被杀了，可怎么办？'我觉得夫人可怜，才特地冒雨赶回来……"

"好的，我不笑了。"

即便如此，新公还在笑，并抢在阿富前面说起来：

"我不笑了，但你仔细想想，明天就要开战，你们却为一两只猫——不管怎么想，都觉得可笑。在你面前说不好，但你家夫人真是个不明事理的吝啬鬼。首先，让你来找三毛……"

"闭嘴！我不想听你讲夫人的坏话！"

阿富几乎要捶胸顿足，乞丐竟然没有被她的气势惊到，还厚着脸皮，毫无顾忌地注视着她。当时，阿富身上具备一种野性美，衣服和腰带都被雨水打湿。不管看哪里，都紧贴在身上，清晰地展现出肉体，而且，一看就知道，那是处女的年轻肉体。新公笑着，继续说下去，眼睛一刻也没从阿富身上挪开过。

"首先，通过让你来找三毛这件事，就知道你家夫人不明事理，不是吗？现在，上野附近，所有人家都逃离了，如此一来，虽然房子很多，但和空无一人的荒原没有差别。虽然不至于出现狼之类的，会遇到什么危险，也不得而知。能这么说吧？"

"与其瞎操心，还不如替我赶紧把猫逮住。还没开战呢，再说能有什么危险。"

"别开玩笑。这种时候，年轻女子单身走在路上，这不危险，那什么算危险。直截了当地说，这里只有你我二人，万一我动了什么坏心思，小姐姐，你怎么办？"

渐渐地，新公的语气让人分辨不清那是玩笑话，还是动真格的。不过，阿富清澈的眼眸中并未露出惧怕之色，只是脸颊比刚才更红。

"怎么，新公？你想吓唬我？"

阿富朝新公凑近一步，似乎要唬住对方。

"吓唬你？仅仅是吓唬的话，你算走运的了。在这个世道，即便是那些肩膀上挂着金穗的官军中，品行恶劣的人也很多，更何况我只是乞丐。不仅仅吓唬你，如果我真的动歪心思……"

话音未落，新公的头就被狠敲了一下。不知何时，阿富在他面前挥舞起大黑伞：

"别说那些自以为是的话！"

阿富又攒足劲，用伞狠狠打向新公的头部。穿着旧浴衣的新公赶紧躲闪，但黑伞依旧砸在肩膀上。三毛因为他们的打斗受到惊吓，踢落一个铁锅，跳到供奉灶神的架子上。与此同时，灶神前的松枝、油光发亮的灯盘也都滚落到新公身上。新公又被阿富的黑伞狠打了几下，才好不容易跳起来。

"你这个混蛋！你这个混蛋！"

阿富继续挥舞着伞。但新公挨着打，终于夺到伞，并把伞一下子扔出去，朝阿富猛扑过来。两人在狭窄厨房中缠斗一阵。他们打斗时，大雨又在屋顶发出巨响，伴随着轰隆的雨声，光线眼瞅着也更加昏暗。尽管阿富又打又挠，新公仍然不顾一切想扭住、摁倒她。失败几次后，当新公觉得终于制服女子时，阿富突然又推开他，奔到厨房。

"这个疯女人……"

新公靠着拉门，直勾勾地瞪着阿富。阿富精疲力竭，坐在地上，头发不知何时散开，拿出之前夹在腰带中的剃刀，反手握着，全身既带杀气，也充满娇媚，和那个

在财神架子上弓着背的三毛很相似。两人都不说话,注视着对方的眼神。瞬间后,新公煞有介事地露出冷笑,从怀里掏出那支短枪:

"跑啊,你再到处乱跑呀。"

短枪的枪口缓缓地转向阿富的胸口。尽管如此,她只是懊恼地看着新公,一言不发。看见她不闹腾,新公似乎突然想到什么,抬高枪口。前方幽暗处,琥珀色的猫眼若隐若现。

"这样行吗?阿富——"

新公含笑说道,似乎在戏耍对方。

"这支短枪'砰'的一声,那只猫就会四脚朝天掉下来。你也一样。这样好吗?"

他就要扣动扳机。

"新公!"阿富突然发声,"不行!你不能开枪!"

新公把视线转向阿富,但枪口还对着三毛:

"我知道不行。"

"你一开枪,它就可怜了。至少你要救三毛。"

阿富和方才判若两人,眼中充满担忧,嘴唇微微颤抖,露出一排小米牙。新公望着她,表情半是嘲讽,半是狐疑,终于放低枪口。与此同时,阿富的脸上也露出放心的神色。

"我可以放过它，但作为交换条件——"新公态度粗暴，口无遮拦，"作为交换条件，我也借用一下你的身体。"

阿富移开目光，一瞬间，她心乱如麻，憎恨、恼怒、厌恶、悲哀和其他各种感情涌上心头。新公小心翼翼地观察着她的变化，侧着身，走到她身后，打开客厅拉门。与厨房相比，客厅的光线更加昏暗，但能清楚看见这家人走后留下的碗柜、长火盆等物品。新公站在那里，身上汗津津的，视线落到阿富的衣襟处。阿富好像感受到他的目光，转过身，抬头看着身后的新公。不知何时，她的脸上又恢复生气，和先前并无二样。新公显得手足无措，眨巴一下眼睛后，猛地又将枪口对向猫。

"不行，我说过不可以——"

阿富制止住新公，并把手中的剃刀扔到地上。

"觉得不行，你就去那边。"

新公微微一笑。

"令人讨厌的家伙。"

阿富恨恨地嘟囔着，突然站起来，像自暴自弃的女人一样，快步走进客厅。见她如此干脆爽快，新公多少有点惊讶。这时,雨声渐渐变小,同时,夕阳透过云朵照射进来,原本昏暗的厨房也开始亮堂起来。新公站在厨房中央,倾听着客厅里的动静——小仓腰带被解开的声响,人躺下的声响。之后,客厅里鸦雀无声。

新公犹豫片刻,抬脚走进微亮的客厅。阿富用袖子遮住脸,独自仰面躺着。看到她这个样子,新公赶紧转身,逃回厨房。他脸上表情奇怪,难以形容,像是厌恶,又像是害羞。他一走进厨房,就背对客厅,露出苦笑:

"开玩笑的,阿富,开玩笑的,你可以出来呢……"

几分钟后,怀里揣着猫的阿富单手撑着伞,和裹着破草披的新公轻松愉快地聊着天。

"小姐姐,我想问你一件事。"

新公还在害羞,不敢正视阿富。

"说吧,什么事?"

"也不是什么大事。在女人的一生中,交出身体是一件非常重要的事。而阿富却用自己的身体换一只猫。这家伙跟你净胡闹,不是吗?"

新公略微闭上嘴,阿富只是微笑着,摸着怀里的猫。

"那只猫就这么可爱吗?"

"那是,三毛也是可爱的。"

阿富的回答很暧昧。

"附近人都说你替主人着想,三毛被杀死,你觉得对不起夫人。你有这样的担心吧?"

"啊,三毛也可爱,我家夫人肯定也重要。但我只是——"阿富略微歪着脖子,眼睛看向远方,"该怎么说呢?只是那时,如果不那样做,我总觉得过意不去。"

又过了几分钟,穿着旧浴衣的新公独自抱膝,茫然坐在厨房里。稀稀拉拉的雨声中,暮色逐渐迫近这里。天窗的拉绳,洗碗池边的水缸,这些物品也逐渐看不见。天空乌云笼罩,上野的沉闷钟声逐渐扩散开来。新公俨然被钟声吓到,环顾一下鸦雀无声的四周,然后摸索着来到水池边,用水瓢舀起一勺水。

"村上新三郎源繁光,你今天算栽了。"

他嘟哝着,有滋有味地喝着夕阳映照下的水。

明治二十三年(1890年)3月26日,阿富夫妇和三个孩子走在上野的马路上。

当天,国内博览会开幕式在竹台举办,而且黑门一带的樱花也基本绽放,马路上人潮涌动,只能顺着人流走,想回头都不易。而那些参加完开幕式,坐着马车或人力车从上野方向返回的队伍也络绎不绝,其中不乏前田正名[①]、田口卯吉[②]、涩泽荣一[③]、辻新次、冈仓觉三[④]、下条正雄等名人。

丈夫抱着五岁次子,让长子拽着自己的衣服,避开人潮和车流,不时担心地扭头看看身后的阿富。阿富牵着长女的手,露出明媚微笑。二十年的岁月在她身上也留下了痕迹,但清澈的眼神一如往昔。她在明治四年(1871年)左右结婚,丈夫是古河屋政兵卫的外甥,当时在横滨,如今在银座某个街区开了一家小钟表店……

阿富猛地抬起头,就在那时,一辆双驾马车驶过,新公悠然自得地坐在上面。如今的新公全身上下佩戴着大小不一的勋章和荣誉标识,前襟上贴着鸵鸟羽毛,还有威严庄重的金穗等。花白胡子中的红脸膛正望向这边,毫无疑问,那就是当年的乞丐。阿富放缓脚步,并没有大吃一惊,也没觉得不可思议,不知为何,当年她就觉得新公不是一般的乞丐。因为他的长相?因为他的措辞?

[①] 诗人,生于神奈川县,主办《诗歌》,诗集有《收获》《活着的时日》等。
[②] 经济学者,文明史家,生于江户,1894年起任众议院议员。
[③] 实业家,埼玉县人,后成为幕府的臣僚,明治维新后供职于大藏省,后创建第一国立银行、王子造纸公司、大阪纺织公司等。
[④] 冈仓天心,美术评论家,后成为东京美术学校校长。

因为他手中的短枪？总之，阿富就是这么感觉。阿富连眉毛都一动不动，目不转睛地看着新公。而新公，不知是故意还是偶然，也目不转睛地看着她。二十年前，那个雨天的记忆，清晰地浮现在阿富心中。那天，她不顾一切，为救一只猫，准备把身体交给新公。动机是什么呢？她不清楚。而新公到最后，对她交出的身体连一根手指头都没有碰。动机又是什么呢？她也不清楚。不过，虽然不明白，但对阿富而言，那一切都理所当然。当马车从她身边交错而过时，阿富感觉心里顿时舒坦了。

新公的马车过去后，丈夫又从人群中回头看看阿富，而阿富也若无其事地露出微笑，露出充满生气、愉悦开心的微笑……

1922 年 8 月

六宫公主

◳── 一 ──◰

六宫公主的祖母也是一位公主,但父亲本人老派古板,不合潮流,官位也只做到兵部大辅便停步不前。公主和父母住在六宫岸边一所庭院森森的宅邸中。六宫公主的称呼便来自于这个地名。

父母宠爱公主，但遵循旧礼数，没有主动给她寻找婆家，总在内心希望有人提亲说媒。公主也恪守父母教诲，每天过着质朴的生活，不知喜乐为何物。但不谙世事的公主也没感到什么不称心，觉得"只要父母健康就好"。

古池边的垂樱每年都开花寥寥，不知不觉中，公主也具备了一种成年女子的娴静之美。但是，顶梁柱的父亲因为平素饮酒过多，突然撒手人寰。雪上加霜的是不到半年，母亲长吁短叹，终于追随父亲而去。与悲痛相比，公主尤感手足无措，对于深居闺房的公主而言，除了乳母，别无依靠。

乳母忠心耿耿，不辞劳苦，继续为公主操劳，但家传的贝雕手提箱、白银香炉等物件不知何时起逐一消失。与此同时，也不知何人带头，男女仆人也开始告假离开。公主渐渐明白生活艰辛，但也无力改变。在寂寥的厢房中，公主一如往昔，弹琴咏诗，重复着单调的游戏。

一个秋日黄昏，乳母走到公主面前，犹豫再三，终于提起一件事：

"出家的外甥拜托我禀报一下，丹波地区的某位前任国司①想和您见一见。这位大人不仅相貌俊美，而且性

---

① 中央政府派遣到各地掌管政务的官员。

情温和，他父亲虽说是受领①，但毕竟也曾是上达部②人家的公子。您和他见见面，如何？我觉得和这种无依无靠的日子相比，或许会好一点……"

公主开始悄声抽泣，为改变困窘的生活，把身子交给男人，如同卖身。她当然知道在这个世道，此类事情，比比皆是，但现在轮到自己，心中更添一份悲凉。葛叶在风中翻卷，公主和乳母用衣袖遮住脸庞，相对而泣……

二

不知从何时起，公主和那男人夜夜相会。乳母所言不假，男人心地温柔，长相儒雅，而且，他倾心于公主的美貌，将其他事置之脑后，对此，几乎所有人一目了然。公主对男人当然也无恶感，有时觉得他可以依靠终身。不过，即便在飞鸟戏蝶图案的幔帐深处，在炫目的灯台烛光下和男人合为一体，公主也没有一晚觉得欢愉开心。

期间，宅院逐渐增添一些华美之气，黑梳妆架、苇帘

---

① 平安时代中期以后，实际到任地就职的官员。
② 泛指三品以上高官或四品以上的参议、公卿。

灯的都换成新的，仆人也增加了。当然，乳母操持家务也比之前带劲。对于这些变化，公主只会孤寂地冷眼旁观。

某个初冬的阵雨之夜，男人和公主对酌，谈起丹波地区流传的恐怖传说。有一个前往出云的旅人在大江山脚下的客店借宿。那晚，旅店老板的妻子正好顺产一个女婴。旅人看见一个陌生大汉从产房中急匆匆跑出来。那个男人只丢下一句话，"命该八岁，自杀而终"，随即消失不见。九年后，旅人进京途中，还在同家客店借宿。那女孩在八岁时果然意外死亡，从树上掉落，镰刀插进喉咙。内容大致如此。听完故事，公主惊惧于人各有命，无力回天。和那女子相比，自己能依靠这个男人生活，算是幸福。"只能随波逐流。"公主这么想着，唯有脸庞上露出灿烂笑容。

屋檐下的松树被大雪多次折断树枝。公主如同往昔，白天弹琴，玩玩双六①；晚上和男人同衾共卧，听着水鸟跳入池中的声响。日夕晨昏，没有诸多悲哀，亦无多少喜悦。不过，在这种慵懒的宁静中，公主依旧寻觅到短暂的满足。

不料，这种宁静日子突然走到尽头。在春回大地的某晚，两人独处时，男人吞吞吐吐地开口说道："今晚

---

① 日本式跳棋，各有15枚棋子，通过骰子点数来走棋，先进入敌组一方获胜。

恐怕是和你相会的最后一晚。"在这次的官员任命中，男人的父亲被委任为陆奥守，因此，男人也要和父亲一起前往冰天雪地的北国。对男人而言，和公主告别，令他痛心疾首，但他一直向父亲隐瞒了娶公主为妻的事，现在更难以挑明。男人唉声叹气，絮絮叨叨说了一大段。

"过五年，任期就满，你等到那个时候吧。"

公主早已泣不成声，趴在地上。虽谈不上留恋，但和自己依靠的男人分别，悲哀之情还是难以言表。男人摸着公主的后背，百般鼓励安慰，可刚一开口，声音中就带着哭腔。

不明就里的乳母和年轻的女仆搬来酒壶和高脚盘，还说古池边的垂樱也长出花骨朵呢……

三

第六个年头的春天来了，前往北国的男人尚未回京。期间，宅院中的仆人四散离开，投奔他处；公主居住的东厢房也在某年的大风中倒塌。她和乳母住在下人的房间。说是房间，却狭小破旧，仅能遮风挡雨。刚搬去时，看见公主凄惨可怜,乳母就情不自禁落泪,但有时又会无端发火。

生活的艰难自不必说,橱柜早已变卖,换成米菜。如今,除了身上穿的内褂和裤裙,其他衣物也荡然无存。如果柴禾不足,乳母会去荒废的正房,拆卸木板。公主一如从前,弹琴咏诗就能心情舒畅,专心等候男人归来。

那年秋天的一个月夜,乳母走到公主面前,犹豫再三,说道:"大人不会回来了,请忘记他吧,行吗?最近,御药房的副官想和您见面,一直催着呢……"

听到这话,公主想起六年前的情形。六年前,自己觉得伤心,哭得没完没了,如今身心憔悴。"只想安静老去"……除此之外,别无念头。听完乳母的话,公主望着皎洁月亮,摇摇头,面容慵懒憔悴:"我什么都不喜欢,活也好死也罢,都一回事……"

恰在同一时刻,男人在遥远的常陆①地区的宅院中,正和新婚妻子推杯换盏。这个妻子得到父亲认可,是该地区国守的千金。

"什么声音?"

男人大吃一惊,抬头看看静月朗照的屋檐。此时此刻,

---

① 相当于日本茨城县的东北部。

不知为何，公主的形象清晰地浮现在他的心头。

"是栗子掉落的声响吧。"

常陆的妻子回答道，笨拙地倒起酒壶中的酒。

四

　　第九年晚秋，男人和常陆的妻子及其家人回到京城。进京途中，为避开不宜出行的日子，他们在粟津停留三四天。之后，特意选择傍晚进城，以免白天惹人注目。在偏僻北地，男人也曾三番两次托人给京城的妻子带去情深意切的口信。然而，有的人一去不归，有的人幸而返回，却没找到公主宅邸，因而也就没有丝毫音信。正因为此，男人一旦进京，对公主的思恋之情就愈发强烈。他把妻子平安送到岳父宅邸后，连行装都没打开，就直奔六宫。

　　去六宫一看，往昔的四柱大门、柏树皮屋顶的正房以及厢房等荡然无存，只有崩塌的地基残存其中。男人伫立草丛中，茫然望着庭院遗迹，半掩的水池中长着几株雨久花，在新月的微光下，叶子静静地簇拥着。

在记忆中的政所①一带，男人看见一间倾斜的板房，凑近一看，屋内似乎有人。透过黑暗，男人轻声招呼那个人影。月光下，一个似曾相识的老尼姑蹒跚走出。

男人报上名字，老尼姑无语凝噎，哭了半天，才断断续续地讲起公主的事。

"您可能忘记了，小女曾是这里的下人。您离开后，小女还在这里干了五年，后来就随丈夫去了但马②。当时，我也和女儿一起告假，但最近总放心不下公主，就独自返回京城。您瞧，宅子什么的都没了。公主也不知道去了哪里，说实话，刚才我也不知如何是好。您可能不知道，在小女还在这里时，公主的日子就过得很可怜，真不知怎么说……"

听完讲述，男人脱下一件衣服，递给弯腰驼背的老尼姑，然后垂着头，在荒草中默默走开。

---

① 官员处理领地事务的地方，类似于办公室。
② 相当于现在的日本兵库县北部。

五

从第二天起,男人在京城内四处寻觅,但想打听到公主人在何处,在干什么,并非易事。

几天后的一个傍晚,男人为躲避阵雨,站在朱雀门前西曲殿的屋檐下。除了他,一个叫花子和尚也在那里焦急地等待雨停。大雨从朱红大门的天空上落下,一直下着,雨声让人感觉寂寥。男人用余光看着和尚,在石子路上来回走动,排遣心中的焦躁。其间,透过微暗的窗棂,男人突然察觉屋内似乎有人活动,便下意识朝里看去。

屋内,一个老尼姑铺开破旧草席,照顾着一个似乎生病的女人。即便傍晚光线暗淡,女人瘦骨嶙峋,但还能一眼认出她就是公主。男人想喊她,但看见公主的惨状,不知为何,喊不出声。公主不知男人就在身边,在破旧草席上翻个身,痛苦地吟诵起一首诗:

"曲肘作枕风亦寒,娇弱身躯怎奈堪。"

听到这里,男人情不自禁地叫起公主的名字。公主抬起头,看见男人,轻声叫了一下,就一头栽躺在草席上。老尼姑——那个忠心耿耿的乳母——和冲进屋内的男人，赶紧抱起公主。抱起来，一看她的脸色，不要说乳母，连男人也更加慌张。

乳母疯了一般跑到叫花子和尚处，恳求他为临终的公主诵经。和尚如她所愿，坐到公主枕边，没有诵经，而是冲着公主说："转世不能依靠他人之力，你只能自己专心诵念阿弥陀佛的名字。"

公主就被男人抱着，有气无力地念着佛号，直勾勾地看着门上的天花板，让人感觉毛骨悚然。

"奇怪，那里有一辆着火的车……"

"您不要害怕那种东西。只管念佛。"

和尚稍稍鼓励着她。片刻后，公主又梦魇似的嘟囔起来：

"我看见金色莲花。那莲花有华盖那么大……"

和尚刚想说什么，公主抢先断断续续说起来：

"看不见莲花了。黑暗中，只有风在吹。"

"您要专心念佛。您为什么不能专心致志呢？"

"全都——全都看不见了。黑暗里只有风，只有寒风吹过来。"

男人和乳母吞咽着泪水，嘴里念着阿弥陀佛。和尚也双手合十，帮公主念佛。屋外雨声交织着念佛声，公主躺在破草席上，脸上渐渐露出死相。

六

几天后的一个月夜，那个劝公主念佛的和尚仍旧衣衫褴褛，双手抱膝，坐在朱雀门前的曲殿上。一个武士悠然自得，哼着小曲，从朗月下的大道走过来。看见和尚，穿着草鞋的武士停下脚步，随口问道："最近在这个朱雀门边，有女人的哭声。你没听说吗？"

和尚蹲在石子路上，只回了一句：

"您听听看。"

武士侧耳倾听，除了微微虫鸣，再无声响。周围的夜色里只飘散着松树的气味。武士还未来得及开口，不知何处便传来女人的幽幽叹息。

武士手搭在武士刀上，那声音在曲殿上空拖着长长尾音，停留一阵，逐渐消失。

"您要念佛……"月光下，和尚抬起头，"那是个冤屈的女魂，不知地狱和天堂。您要念佛。"

武士没有作答，看了看和尚，不看则已，一看大吃

一惊,赶紧双手伏地,跪在和尚面前:

"这不是内记[①]大人吗?您为何在这种地方呢……"

俗名庆滋保胤,世称内记上人。在空也[②]上人的弟子中,他是一个身份高贵、德高望重的出家人。

1922年8月

---

① 中务省设置的官职,负责起草诏书、圣旨,记录天皇的言行等。
② 平安中期的僧人,天台宗空也派始祖,被尊称阿弥陀圣,建造了西光寺(后来的六波罗蜜寺)。

鱼市河岸

去年春天的晚上,虽说是春天,依然风寒。在一个月明之夜的九点左右,保吉和三个朋友走在鱼市河岸的路上。三个朋友分别是诗人露柴、西洋画家风中、漆画师如丹。三人没有公开真名,但都是各自领域的名人。尤其是露柴这男人,年纪最大,作为新潮诗人,早已声名遐迩。

大家都醉了。不过，风中和保吉平素不饮酒，喝得也不多，而如丹则是有名的酒豪，三人比较正常，只有露柴脚下有点晃悠。大家把露柴夹在中间，沿着月光普照的大道朝日本桥方向走去，迎面吹来的海风夹杂着一股鱼腥气。

露柴是土生土长的东京人，曾祖父和蜀山[①]、文晁[②]交往深厚。提及河岸的丸清家，那一带无人不知。很早前，露柴几乎把所有家业委托他人打理，自己则在山谷小径深处，享受泼墨挥毫、吟诗篆刻之乐。因此，露柴身上有一种其他三人不具备的洒脱气质，比市民气质狂放，又和山手一带富人区的氛围格格不入；换言之，身上有一种和岸边的金枪鱼寿司一脉相通的东西……

露柴不时甩甩外套袖子，似乎嫌它碍事，继续和众人开心畅谈。如丹安静地笑着，附和着他的话。就这样，众人不知不觉走到河岸终点。大家都觉得就这样离开河岸，似乎意犹未尽。正好那儿有一家西餐店，门口垂着白门帘，皎洁的月光照在一侧，就连保吉也多次听说过这家店。"进去吗？""可以进去。"说着，风中打头，

---

① 本名大田南亩，江户中后期的狂歌师，通俗娱乐小说作者。
② 全名谷文晁，江户时期的著名画家。

众人涌进狭小的店中。

店里有两个客人,面朝细长桌子,一个是岸边的年轻后生,另一个看上去是某处工匠。他们四人占了一个桌子,两两相对,然后就着油炸平贝,小口品尝起正宗①。当然,平素不喝酒的风中和保吉只端了一次小酒杯,把下酒菜一扫而光,饭量也增加不少。

这家店的桌椅都是原木,没有涂清漆,店堂周围挂着苇帘,这沿用了江户时代的风格。因此,虽然吃着西餐,但几乎感觉不到这是西餐店。风中点的牛排上桌后,他说:"这是牛肉片。"如丹则对锋利的餐刀表示了深深的敬意。保吉觉得只有这里还亮灯营业,实属难得。露柴是本地人,对什么都习以为常,但还是把鸭舌帽往后脑勺一推,和如丹推杯换盏,依旧开心地聊着。

就在这时,一个戴着毡帽的客人轻轻地钻过门帘,走进来。客人把胖乎乎的脸颊埋在外套的毛领里,扫视一下狭窄的店堂,那眼神与其说"看",不如说"瞪",然后一言不发,把庞大身躯挤到如丹和年轻后生之间的座位上。保吉舀着咖喱饭中的咖喱汁,内心觉得这家伙讨厌,如果在泉镜花的小说中,这家伙将被喜欢行侠仗

---

① 日本清酒的一种品牌。

义的艺伎所制伏。但转念一想,现在的日本桥不会有任何动静,不会重现泉镜花的小说中描述的场景。

那客人点完菜,傲慢地抽起烟,那样子越看越让人觉得他不像好人。油光发亮的猪肝色脸膛、大岛产的短外褂、显眼的大戒指……所有这些都符合坏人形象。保吉的心情越来越受影响,为忘记那家伙的存在,他冲旁边的露柴搭话。但露柴只是"嗯嗯啊啊",也没有认真回答,而且,露柴似乎也受到影响,身子背朝灯光,故意把鸭舌帽压得很深。

保吉只能和风中、如丹聊聊酒菜,但也聊不下去。从那胖家伙出现后,大伙的心情都奇怪地发生变化,这是不得不承认的事实。

那家伙点的油炸菜上桌后,他拿起正宗牌清酒瓶,正准备往小酒杯里倒酒,就在那时,有人在旁边清晰地喊了一声"阿幸"。那家伙显然大吃一惊,看见声音的主人后,脸上神情随即从惊讶变成尴尬。"哎呀,这是东家吧!"那家伙摘下毡帽,朝声音的主人连鞠几躬。声音的主人就是诗人露柴,河岸丸清家的掌门人。

"好久不见!"露柴若无其事地将小酒杯端到嘴边。露柴的小酒杯一空,那家伙赶紧把自己酒瓶中的酒斟进去，窥伺着露柴的神情，那样子让旁边人感觉可笑……

泉镜花的小说没有消亡。至少在东京的鱼市岸边，还有那样的事发生。

不过，走到西餐店外，保吉心情沉重。保吉当然不会同情"阿幸"，而且露柴也说那家伙人品不佳。尽管如此，奇怪的是，保吉的心情依然没好转。在保吉书房的桌上，放着还没读完的罗休夫柯①语录。保吉脚踩月光，不知不觉地想到了那件事。

1922年7月

---

① 法国哲学家。

阿吟

不知是元和年间,还是宽永年间,反正是遥远的过去。

当时,凡信奉天主教的人,一旦被发现,就会被处以火刑或磔刑①。但迫害越变本加厉,"万能的主"似乎也越会明确庇护该国的信徒。在长崎一带的村子,有时伴随暮色,天使和圣者会来看望信徒。据说就连圣约翰·巴

---

① 日本古代刑罚之一,把犯人绑在柱子上用矛刺死。

蒂斯塔①也曾一度现身米格尔·弥兵卫的水车小屋——弥兵卫是浦上地区的信徒。同时，恶魔为了妨碍信徒修行，或是变成陌生黑人，或是变成外国花草，或是变成苇席牛车，频繁出没于同一个村落。据说在分不清昼夜的地牢中，让弥兵卫痛苦不堪的老鼠也是恶魔化身。元和八年（1622年）秋，弥兵卫和其他十一名信徒被处以火刑。——不知是元和年间，还是宽永年间，反正是遥远的过去。

还是在浦上地区的山村里，住着一个叫阿吟的女孩。阿吟的父母历经千山万水，从大阪流浪到长崎，还没做什么，就撒手人寰，只留下孤单的阿吟。他们这种外乡人是不知道天主教的，他们信奉佛教，什么禅啊，佛典啊，净土啊，总之就是释迦的教义。据法国耶稣会教士让·克拉塞所言，天性狡诈的释迦在游历中国各地后，开始讲授所谓阿弥陀佛法，之后又来到日本，讲授同样的佛法。根据释迦的说教，我们人的灵魂，因为罪孽的轻重深浅，或变成小鸟，或变成牛，抑或变成树木。不仅如此，释迦出生时还杀死亲生母亲。释迦的教义自然荒诞，释迦的大恶也是一目了然。但如前所述，阿吟的母亲应该不

---

① 曾预言天国临近，在约旦河中为众多信徒洗礼。

了解这些事实，直到断气还相信释迦的教义。在孤寂墓园的松树树阴下，他们还幻想着缥缈的极乐世界，殊不知最后要坠入地狱。

幸运的是，阿吟不像父母那般无知。一位名叫约翰·孙七的山村农夫，富有同情心，不仅把圣水洒在她额头上，给她洗礼，还给她起名玛利亚。阿吟不相信释迦出生时会指着天和地，发出狮吼，说什么"天上天下唯我独尊"。阿吟相信温柔甜美、富有同情心的圣女玛利亚是自然受孕，也相信"被钉死在十字架上，并被放入石棺埋入地下"的耶稣在三天后复活这类事。阿吟相信只要审判的喇叭响彻四方，"主就会带着无与伦比的威严和荣光降临人世，将满身尘土的人的肉身恢复到灵魂原貌。善人就会享受上天的快乐，恶人就会和天狗一起坠入地狱"。她尤其相信那句训诫"由于主的圣德，面包和红酒的颜色、形状不会发生改变，但内在能变成主的血肉"。阿吟的内心和父母不同，不是热风吹过的沙漠，而是果实累累的麦田，其中还夹杂着朴素的野蔷薇。失去双亲后，阿吟成为约翰·孙七的养女。孙七的妻子乔安娜·小须美也是心地善良之人。阿吟和这对夫妇一起放牛割麦，过着幸福的日子。当然，在这样的日子里，只要不被村民发现，他们也会毫不懈怠地禁食和祈祷。阿吟经常在水井旁的无花果树阴下，仰望着大月牙，虔诚祈祷。这个少女垂着头发，祈祷的内容并不复杂：

"大慈大悲的圣母玛利亚，我向您行礼。我是被流放的夏娃之女。我恳请您温柔怜悯的目光能垂青泪谷。"

某年的圣诞之夜，恶魔和几名差役突然闯入孙七家。孙七家的大地炉里正熊熊燃烧着"童话的柴火"。唯独今晚，烟熏火燎的墙壁上祭放着十字架。最后他们去了屋后的牛圈，那里为了准备耶稣诞生的热水，饲料桶中盛满了水。差役们相互点点头，用绳子捆住孙七夫妇。阿吟也被绑起来。但三人皆面无惧色，他们早有思想准备，为拯救灵魂，可以承受任何痛苦和折磨。他们坚信"主肯定会赐福保护我们"。不管怎样，在圣诞夜被捕，不就是主厚爱的有力证据吗？三人似乎商量好一样，对此坚信不疑。差役把他们绑好后，带到了代官①的官邸。途中，即便暗夜冷风吹在身上，他们也一直祈祷主的降临：

"出生在伯利恒②的王子，您在何处？我们赞美您。"

恶魔看见他们被逮捕，拍手叫好，喜笑颜开，但对

---

① 中世以后，代行主君官职之人的总称，如守护代、地头代等。
② 巴勒斯坦南部城市，据说是耶稣的出生地。

他们的冥顽不化似乎很生气。恶魔与差役分手后，独自恨恨地吐口唾沫，随即变成大石磨，就这样滚进黑暗中，消失得无影无踪。

约翰·孙七、约翰·小须美、玛利亚·阿吟三人被扔进地牢，受到诸多折磨，被勒令放弃天主教。但不管经受水刑，还是火烤，他们的意志坚如磐石。即便皮肉溃烂，只要能进入天国，他们就会继续忍耐。不，一想到天主的恩慈，就连昏暗的地牢也和庄严天国别无二致。不仅如此，半梦半醒、昏昏沉沉之际，尊贵的天主和圣徒还经常来安慰他们。尤其是阿吟享受到的这样的幸福最多。阿吟曾看见圣约翰·巴蒂斯塔用大手捧着许多蝗虫，对她说"吃吧"，还看见大天使加布里埃尔合上白色羽翼，用美丽的金杯喂她喝水。

代官不要说天主教，对佛教也一无所知，因此很难理解他们三人的顽固不化，有时觉得他们是不是疯了。当代官发现他们并没有疯，又感觉他们是与人类无关的动物像是大蛇或独角兽之类的东西。对于如此动物放任不管，不仅有违当今法律，也事关国体安危。因此，在三人被关进地牢一个月后，代官还是决定杀死他们。（事实上，这个代官和普通人一样，几乎没考虑什么事关国体之类的事情。反正首先有法律，还有国民道德，即便不费心考虑也无大碍。）

以约翰·孙七为首的三名信徒在被拖往村外刑场的途中，也未露出胆怯之色。刑场紧邻墓园，是一片有很多碎石的空地。他们到达刑场，被逐一宣读罪状后，绑到大方柱上。接着，他们就这样暴露在刑场中央，从右到左依次是约翰·小须美、约翰·孙七和玛利亚·阿吟。小须美因为多日折磨，看上去苍老许多；孙七也胡子拉碴，可以说面无血色。与他们相比，阿吟还算好，变化不大。他们三人踏上柴堆，面容都很沉静。

刑场四周早就围满看热闹的人。在那群人对面，五六棵墓园的松树枝叶繁茂，向天空延伸，宛如华盖一般。

一切准备就绪，一名官员煞有介事地走到三人面前，说"给你们一点时间，考虑一下是否放弃天主教，再认真考虑一下，如果放弃天主教，我们就会立刻松绑"。但三人都没有回答，只是望着远处天空，嘴角边甚至露出微笑。

在那几分钟之内，不要说官员，连好事者都鸦雀无声。无数双眼睛一眨不眨，目不斜视地看着他们，但无人因为过分悲伤而屏息凝神，大多数都迫不及待，等着点火。

官员也觉得浪费时间，百无聊赖，甚至都不想开口说话。

突然，一个清晰的声音传入所有人耳中：

"我决定放弃天主教。"

说话人是阿吟。看热闹的人群骚动起来，但喧哗一阵后又立刻安静下来。那是因为孙七扭头冲阿吟说起来，表情悲伤，声音无力："阿吟！你是被恶魔迷住心了吗？只要再忍耐一阵子，就能看见天主。"

话音未落，小须美也远远地冲阿吟喊起来：

"阿吟！阿吟！你被恶魔附身了，快祈祷，快祈祷。"

但阿吟没有回答，只是望着人群对面墓园中的松树。那些松树枝繁叶茂，犹如华盖。一名官员给阿吟松开绳子。

约翰·孙七看见这幅场景，失望地闭上眼睛。

"万能的主啊，一切听从您的安排。"

被松绑的阿吟茫然地在那里站了一会儿，看见孙七和小须美后，径直走过去，跪在他们面前，默默流泪。孙七依然闭着眼睛，而小须美则扭过头，看都不想看阿吟。

"父亲、母亲，请你们原谅。"阿吟终于开口说话，"我放弃天主教。之所以这样，或许是因为我突然注意到对面那犹如华盖的松树枝。我亲生父母长眠在那墓园松树下，他们根本不知道天主教，或许此时正在坠入地狱。

而我独自进入天堂，总觉得对不起他们。我想跟他们一起下地狱。父亲、母亲，你们就去耶稣和玛利亚的身边吧。而我既然舍弃天主教，也就不能再说下去……"

阿吟断断续续说完，之后就一个劲儿抽泣。约翰·小须美的泪珠也掉落在脚下的柴堆上。马上就要进入天堂，却在这里无谓叹息，这不是一个信徒该做的事。约翰·孙七苦着脸，扭头看着身边妻子，高声训斥起来：

"你难道也着魔了吗？如果想抛弃天主教，随你便。即便就剩下一个人，我也愿意被烧死。"

"不，我陪你一起死。只是，只是——"小须美强咽下泪水，几乎是喊叫着说道，"并不是因为我想去天国，而是想——想陪你。"

孙七长时间沉默不语，脸色一会儿苍白如纸，一会儿憋得通红，与此同时，脸上渗出大粒的汗珠。现在，孙七用心灵的眼睛注视着自己的灵魂，注视着争夺自己灵魂的天使和恶魔。如果当时趴在地上、哭得死去活来的阿吟不抬起头。不，阿吟已经抬起头，泪流满面地凝视着孙七，眼中散发出不可思议的光芒。这眼中闪烁着的不仅仅是纯真少女的心，还有"被流放的夏娃之子"——所有人类的心：

"父亲，去地狱吧！还有我和母亲，还有那边的父母亲，让我们一起被恶魔带走吧！"

孙七终于堕落。

作为日本众多信徒受难中最为可耻的变节行为，该故事流传下来。据说三人放弃基督教时，那些不知基督教为何物的围观者，不论男女老幼，对他们恨之入骨。或许那些人觉得遗憾，没看成一场盼望已久的火刑；而且，听说当时恶魔欣喜若狂，摇身变成一本大书，半夜奔到刑场。这是否是值得恶魔欣喜若狂的成功呢？作者对此深表怀疑。

1922 年 8 月

百合

良平在一家杂志社手握红笔，从事校对工作。这并非他的初衷，只要闲暇，他就如痴如醉阅读日文版的马克思著作，或者用粗指头搓捻着一根"金蝙蝠"牌香烟，遥想俄罗斯。此时此刻，往事回忆会时断时续突然掠过心头，而有关百合的事情不过是其中一个片段而已。

今年七岁的良平正在自家厨房扒拉早午饭，隔壁的金三突然闯进来，冲到洗碗池边，脸上汗津津的，似乎发生什么大事一般：

"刚才，阿良，刚才，我发现了双芽百合。"

为表达出双芽百合的意思，金三把双手的食指并放在翘鼻尖上，向良平演示着。

"双芽百合？"

良平不由自主睁大眼睛。因为这种从一个根部发出两株芽的连体百合实属罕见。

"啊，那两株芽太粗了，像人的小雀雀，还是红色……"

金三用松开的衣带一角擦抹着脸上的汗，滔滔不绝地说着。良平也被勾起兴趣，无意识地把饭盆丢在一旁，蹲在洗碗池边。

"好好吃饭！管什么双芽、红芽的。"

母亲在隔壁大房间切着蚕桑，冲着良平说了两三次。但他似乎充耳不闻，连珠炮似的问着金三："芽有多粗，两株芽一样长吗？"金三依然高谈阔论："两株芽都比大拇指粗，长度也一模一样，那种百合或许在全世界都绝无仅有。"……

"怎么样，阿良。现在就去看看吧。"金三狡黠地瞅瞅良平母亲那边，轻轻地拉了拉良平的衣角，"看双芽百合，看小雀雀百合，看红百合。"

这种诱惑太大。良平还没顾得上回答，就已经套上母亲的草鞋。草鞋湿乎乎的，而且鞋带也松垮垮的。

"良平！干吗呢！饭才吃到一半……"

母亲惊讶地叫喊着，但良平已抢先一步跑过后院。后院外的小路对面，有一片树芽葱绿的杂树林。良平想跑向那里，但金三却拼命叫喊起来："是这边！"朝右手边的旱田方向跑去。已踏出一步的良平随即夸张地扭过头，弓着身子，"啪嗒啪嗒"跑回来。不知为何，不这样做，他感觉就没有一往无前的勇气。

"怎么回事？在旱田的土堤上吗？"

"不是，在农田里，在这对面的麦田……"

说着，金三钻进桑树田埂中。桑田里的十字桑枝干纵横交错，枝头上抽出两文铜板大小的嫩叶。良平也跟在金三后面，在树枝下穿梭着，鼻尖前就是金三打着补丁的屁股，松散开的衣带甩打在那里。

穿过桑田，来到对面，就是长出秸秆的麦田。金三继续走在前面，在麦田和桑田之间的田埂上再次右拐。

良平动作快，一下子从金三身边超过去。还没跑出五六米，就被金三生气地叫住了：

"干吗呢？你又不知道百合在哪里！"

良平垂头丧气，不情愿地让金三走在前面。两人已经不跑了，彼此默不做声，身体擦着麦秸，朝前走去。走到那块麦田一角的土堤处，金三猛地转过头，笑容满面，冲着良平指了指脚下的田垄：

"就这里。"

听到这句话，良平也忘却了不愉快：

"哪里？哪里？"

良平观察着那块田垄，正如金三所言，红叶蜷卷的百合露出两株亮晶晶的芽头。虽然听金三说过，但亲眼目睹到如此美丽的百合，良平还是惊诧得说不出话。

"怎么样？粗吧？"

金三扬扬得意地看着良平。良平只是点点头，全神贯注盯着百合的芽头。

"怎么样？粗吧？"

金三又重复一句，准备摸一摸右边的芽头。良平犹如清醒过来一般，赶紧挡住他的手：

"哎呀，不要摸，会折断的。"

"摸一下不行吗？又不是你的百合！"

金三又恼怒起来，良平这次也没有退缩：

"也不是你的！"

"虽说不是我的，摸一下总可以吧。"

"我说了不要摸，会折断的。"

"不会折断的。我刚才摸了好多下。"

既然金三说"刚才摸了好多下"，良平也只能不吭声。金三蹲在那里，比方才还要粗暴地摆弄着百合的芽头，但不足三寸的嫩芽似乎岿然不动。

"那么，我也摸一摸。"

良平终于放宽心，看看金三的脸色，轻摸了一下左边的嫩芽。红色嫩芽给良平的指尖带来一种真切触感，他从其中感受到一种难以言表的喜悦。

"真棒！"

良平独自微笑着。过了一阵，金三突然又说起来：

"既然芽长得这么好，像小雀雀，想必球根也会很大吧……阿良，要不要挖出来看看？"

说着，他已经把手指插进田埂的泥土中。良平比方才更加吃惊，猛地摁住金三的手，似乎忘却了百合的嫩芽：

"不要这样！我说了不要这样……"随后，良平放低声音，"如果被人发现，你要挨批的。"

生长在旱田里的百合和生长在田野山地里的东西不一样，除了这个旱田的主人，谁都不能取走……金三也明白这点。他恋恋不舍地在周围的泥土上画个圈，老实地听了良平的规劝。

从晴朗天空上，不知何处传来云雀的鸣叫。两个孩子在云雀的鸣叫声中，爱抚着双芽百合，郑重其事地立下约定：第一，关于这株百合，不告诉任何朋友；第二，每天早晨上学前，两人一起来观赏……

第二天早晨，两人按照约定，一起来到百合所在的麦田。百合的红色芽尖上残存着露珠。金三用指头弹了一下右边的粗芽，良平用左手弹了一下左边的粗芽，把露珠弹落下去。

"真粗！"

良平似乎那天早晨才发现一样，出神地望着百合美丽的嫩芽。

"这么粗，应该有五年了吧？"

"没有五年吧……"

金三看了一眼良平，眼神中充满蔑视：

"没有五年吧？恐怕要有十年喽。"

"十年！如果十年，那不是比我都大吗？"

"是的。就是比你大。"

"那么说，会开十朵花吗？"

五年百合五朵花，十年百合十朵花——长者曾这样告诉过他们。

"会开的，十朵花！"

金三义正词严地说道。良平内心有点踌躇，嘴上却辩解般地自言自语起来：

"早点开花就好了。"

"不到夏天，怎么开花？"

金三又嘲笑一句。

"夏天吗？什么夏天，是下雨的时候。"

"下雨的时候就是夏天。"

"夏天是穿白色和服的时候……"良平轻易也不服输，"下雨的时候就是夏天吗？"

"蠢货！穿白色和服的时候是土用①。"

"撒谎！你问问我妈妈。穿白色和服的时候就是夏天！"

话音未落，良平的左脸就被狠抽了一巴掌，当他反

---

① 在阴历中，指立夏前的十八天。

应过来后，也朝对方打去。

"狂妄的家伙！"

金三脸色一变，用尽全力，把良平撞飞。良平仰躺在麦田埂上。那里有露水，他的脸和和服也被弄得全是泥巴。即便如此，他一跳起来，就猛地扑向金三。金三被弄得措手不及，虽然平素胜多负少，但此时还是被撞了一个屁股蹲，而且他屁股坐的地方离百合的嫩芽近在咫尺。

"想打架，到这边来！会伤到百合芽，到这边来！"

金三扬扬下颚，跳到桑田埂上。良平想哭，但也不得不走到那里。两人随即扭打成一团，满脸通红的金三拽住良平的胸口，死命地前后推搡着。平日被这么一弄，良平通常会哭，但那天早晨他没有哭，而且，就算头昏眼花，他还是死死地拽着对方，毫不松手。

就在那时，突然有人从桑田中露出脸：

"喂！你们在打架吗？"

两人终于松开手。一个脸上有些麻子的女人站在他们面前。那是总吉的妈妈，总吉也是他们在学校的朋友。她或许是来采桑叶的，身上穿着睡衣，头上缠着手巾，怀里抱着一个大的竹笸箩，此时正目不转睛地来回看着他们两人，眼神中充满狐疑。

"我们在玩相扑，阿姨。"

金三故意显得很有精神地说道，但良平颤抖着身子，打断了对方的话：

"骗子！明明是打架！"

"你才是骗子！"

良平的耳垂被金三抓住，但幸运的是，还没被拽起来，那只手就被总吉的妈妈轻松掰开，她的脸色看上去有点恐怖：

"你小子总干坏事。前段时间，就是你弄伤我家总吉的额头吧。"

看见金三被训斥，良平想说"活该"，但话没出口，眼泪不知为何涌了上来。就在那时，金三甩开总吉妈妈的手，一蹦一跳跑过桑田，逃到对面。

"日金山上多云，良平眼睛下雨！"

转天，从黎明前开始就下起春天罕见的大雨。良平家中因为蚕桑储备不足，正午时分，他父母就开始做起下田的准备，又是掸蓑衣的灰尘，又是找出旧草帽。即便那时，良平也是嚼着肉桂皮，心心念念想着百合："这么大雨，说不定百合的芽会被打折，或许百合的球根会和农田的泥土一起被整个冲走……"

"金三那家伙也担心吧。"

良平又想到金三,自己感觉可笑。金三的家就在旁边,只要沿着屋檐下走过去,都无须打伞。不过,昨天和他打过架,自己不想去玩。即便他来玩,一开始我也不和他说话,那家伙肯定会垂头丧气……

(未完)

1922 年 9 月

三件珍宝

一

三个盗贼在森林中抢夺珍宝。所谓珍宝,一件是纵身一跃就能飞跃千里的长靴;一件是穿上就能隐身的斗篷;一件是能将铁块一分为二的宝剑。这三件珍宝乍看上去都如同旧道具。

第一个盗贼：那斗篷给我！

第二个盗贼：别废话！那把宝剑给我。哎呀，你偷我的长靴！

第三个盗贼：这长靴不是我的吗？你才偷了我的东西。

第一个盗贼：好了好了。我就拿这件斗篷吧。

第二个盗贼：混蛋！怎么可能给你这种人？

第一个盗贼：你竟敢打我！哎呀，你又偷我的宝剑！

第三个盗贼：说什么呢？你这个偷斗篷的家伙。

三人吵得不可开交，这时，一个王子骑马从森林中穿过。

王子：喂！喂！你们在干吗？（他跳下马）

第一个盗贼：这家伙不好，偷我的宝剑，还想要我的斗篷！

第三个盗贼：那家伙才不好，他偷我的斗篷。

第二个盗贼：这两家伙都是大盗贼，那些东西都是我的！

第一个盗贼：撒谎！

第二个盗贼：吹牛不犯法的家伙！

三人又要争吵。

王子：等等。不过是破旧的斗篷、有洞的长靴，谁拿走不都行吗？

第二个盗贼：不行。只要穿上这个斗篷，就能隐身。

第一个盗贼：不管什么铁头盔，这把宝剑都能砍开。

第三个盗贼：只要穿上这个长靴，纵身一跳就能飞跃千里。

王子：原来如此，如果是此等宝贝，你们争吵也情有可原。你们不要贪心，人手一件，岂不圆满？

第二个盗贼：你倒是试试。不知何时，我的头就会被那把宝剑砍掉。

第一个盗贼：不，更让人担心的是，如果他们穿上斗篷，还不知道会偷走什么东西。

第二个盗贼：不，只要没穿上那个长靴，就算偷东西，也逃不掉。

王子：你们说的也有一定道理。那我们商量一下，能把这三样卖给我吗？如此一来，你们也不用担心了。

第一个盗贼：你们意下如何？把东西卖给这位王子。

第三个盗贼：原来如此，或许这样可以。

第二个盗贼：不过，要看价钱。

王子：价钱——对了，我用这件镶着刺绣花边的红斗篷换你们的斗篷，用镶着宝石的长筒靴换你们的长靴，最后用这把黄金宝剑换那把剑，你们不吃亏。这个价码，怎样——

第二个盗贼：我把这件斗篷给你，你把那件斗篷给我。

第一个盗贼和第三个盗贼：我们也没意见。

王子：是吧，那就交换吧。

王子和他们交换完长筒靴、宝剑和斗篷，再度跨上马，准备沿着森林小路离开。

王子：前面有旅店吗？

第一个盗贼：只要出了森林，就有一家叫"黄金号角"的旅店。那您多保重。

王子：是吧。那就再见了。（离开了）

第三个盗贼：买卖划算。我没想到能用那双靴子换到这双靴子。你们看！这靴子的搭扣上还镶着钻石。

第二个盗贼：我的斗篷不也很棒吗？我这样一穿，看起来像个老爷。

第一个盗贼：这把剑也很棒，刀柄和剑鞘都是黄金打制。不过，那王子轻易上当，不是个大傻瓜吗？

第二个盗贼：嘘！隔墙有耳。我们到什么地方喝一杯吧。

三个盗贼嘲笑着王子，朝相反方向走去。

二

在"黄金号角"旅店的酒吧一角,王子啃着面包。此外还有七八个人,看上去都是村里的农夫。

旅店老板:听说很快就要举办公主的婚礼了。

第一个农夫:听说了。好像对方是个黑人国王,对吧?

第二个农夫:人们都说公主非常讨厌那个国王。

第一个农夫:如果讨厌,可以不嫁啊。

旅店老板:但听说那国王有三件宝贝——第一件是飞跃千里的长靴;第二件是削铁如泥的宝剑;第三件是隐身遁迹的斗篷。黑人国王奉上这些宝贝,我们那个贪得无厌的国王就允诺把女儿嫁给他。

第二个农夫:可怜的只有公主一个人。

第一个农夫:难道就无人拯救公主吗?

旅店老板:有的,听说在众多王国的王子中有这样的人,但都对付不了那黑人国王,大家只能望洋兴叹。

第二个农夫:而且,听说我们贪得无厌的国王担心有人拐走公主,还让龙负责看守。

旅店老板:你说什么呢?不是龙,是士兵。

第一个农夫：如果我懂魔法，就会第一个前去营救。

旅店老板：那当然。如果我也懂魔法，就不劳烦你们。

（众人笑起来）

王子（突然冲到众人中）：好了！不用担心。你们看好，我来拯救公主。

众人（惊讶）：你？！

王子：管他有几个黑人国王，都来吧。（叉着双手，环顾众人）我从头到脚打退他。

旅店老板：但那国王有三件宝贝。第一是飞跃千里的长靴，第二是——

王子：削铁如泥的宝剑吗？我也有。你们看！这个长靴，这个宝剑，这个旧斗篷。这些宝贝和黑人国王的不差分毫。

众人（再度惊讶）：那个长靴？！那把剑？！那件斗篷？！

旅店老板（半信半疑）：你那个长筒靴上不是有破洞吗？

王子：的确有洞。即便有洞，也能飞跃千里。

旅店老板：真的？

王子（同情的样子）：或许你觉得是谎言。好吧，我飞给你看。打开房门,准备好了吗?我一飞起来,就会消失得无影无踪。

旅店老板:您能否先结个账?

王子:说什么呢?我马上就飞回来。回来时,想让我带什么礼物?意大利的石榴,西班牙的甜瓜,还是更远一点的阿拉伯的无花果?

旅店老板:什么礼物都行。好了,请您飞给我们看吧。

王子:好的,那我就飞了。一、二、三!

王子用力一跳,结果还没到门口,就"啪"地一屁股掉在地上。

众人哄堂大笑。

旅店老板:刚才我就知道是这个结果。

第一个农夫:还千里呢?连七八米都没飞到。

第二个农夫:你们说什么呢?已经飞了千里。一下子飞到千里之外,又一下子从千里之外飞回来,落到起点。

第一个农夫:别开玩笑。怎么会有那种蠢事?

众人大笑。王子垂头丧气地从地上站起来,打算离开酒吧。

旅店老板:喂!喂!请您结个账吧。

王子一言不发,把钱扔过去。

第二个农夫：礼物呢？

王子（手搭在剑柄上）：你说什么？

第二个农夫（连连后退）：没有，什么也没说。（像是自言自语）剑还是能砍下我脑袋的。

旅店老板（安抚起来）：好了，你还年轻，先回到你父王所在的国家吧。不管你如何折腾，也对付不了那黑人国王。人啊，不管什么事，都要谨慎小心，知道自己几斤几两，这才是上策。

众人：对的，对的。这说的可不是坏话。

王子：我本以为自己什么——什么都可以的（突然落泪），还被你们取笑（挡住脸）。啊，我想就这么消失掉。

第一个农夫：那你穿上斗篷给我们看看，说不定会消失。

王子：混蛋！（跺着脚）我就要做蠢事！我就要从黑人国王手中拯救出可怜的公主。就算长筒靴不能飞跃千里，但我还有宝剑，还有斗篷。（声嘶力竭）不，就算赤手空拳，我也要救给你们看看。到时候，你们不要后悔！（像疯子一样冲出酒吧）

旅店老板：真没辙。只要不被黑人国王杀掉就好。

三

王宫庭院中,蔷薇花簇拥下的喷泉正在喷水。起初空无一人,过了一阵子,身披斗篷的王子出现。

王子:穿上这斗篷,果然瞬间隐身。我进入城门后,无论遇到士兵,还是女仆,无人责问。只要穿着斗篷,就能像吹拂蔷薇花的风,进入公主房间。哎呀,那里走过来的不就是传说中的公主吗?看来我要暂时躲在什么地方——想什么呢,没必要。就算我站在这里,公主也应该看不见我。

公主来到喷泉边,悲伤地叹着气。

公主:我真不幸。不到一周,那令人憎恨的黑人国王就要把我带到非洲,带到那个有狮子和鳄鱼的非洲。(坐在草地上)我想一直待在这城堡中,我想在蔷薇花中,听这个喷泉声……

王子:多么美丽的公主。就算舍弃性命,我也要拯救这位公主。

公主(吃惊地看着王子):你是谁?

王子(像是自言自语):糟了!不该发出声音。

公主：不该发出声音？你疯了吗？明明长着可爱的面庞……

王子：面庞？你能看见我的脸？

公主：能看见。你若有所思什么呢？

王子：也能看见这件斗篷吗？

公主：是的，一件很旧的斗篷。

王子（显得失望）：你应该看不见我，但是——

公主（惊讶）：为什么呢？

王子：只要穿上这件斗篷，就能隐身。

公主：那是黑人国王的斗篷吗？

王子：不是，但效果一样。

公主：可你不是不能隐身吗？

王子：我遇见士兵和女仆时，的确能够隐身。证据就是他们遇见我，都没有责问。

公主(笑起来)：那是这么一回事。你穿这么旧的斗篷，他们以为你是男仆什么的。

王子：男仆？！（失望地坐在地上）这个长筒靴也一样吧。

公主：那长筒靴怎么呢？

王子：这也是能飞跃千里的长筒靴。

公主：和黑人国王的一样？

王子：是的。刚飞了一下，只能飞七八米。你看，还有宝剑，应该能削铁如泥，但是——

公主：你没有试着砍砍什么？

王子：没有。在砍下黑人国王头颅前，我不打算拿它砍任何东西。

公主：哎呀！你来和黑人国王决斗吗？

王子：不，我不是来和他决斗，而是来拯救你。

公主：真的？

王子：真的。

公主：哎呀，我真高兴。

突然，黑人国王出现，王子和公主大吃一惊。

黑人国王：你们好。我刚从非洲一下子飞到这里。我长筒靴的力道如何？

公主（冷淡）：那请您再飞回非洲。

黑人国王：不，今天我想和你好好谈一谈。（看见王子）那男仆是谁？

王子：男仆？！（怒不可遏地站起来）我是王子，来救公主的王子。只要我在这里，你休想碰公主一个手指。

黑人国王（煞有介事）：你知道我有三件宝贝吗？

王子：宝剑、长靴和斗篷吗？的确，我的长筒靴飞不过一百米，但只要和公主在一起，就算穿这个长筒靴跑一两千里路，你也不要惊讶。你再看这个斗篷。多亏这个斗篷，我才被人当成男仆，才能来到公主身边。它不是隐藏了我的王子身份吗？

黑人国王（嘲笑）：自以为是！让你看看我斗篷的力道。（披上斗篷，瞬间消失）

公主（拍着手）：啊，消失了！只要那人消失，我就非常高兴。

王子：那个斗篷真是方便，好像就是为我们造出来的。

黑人国王（突然出现，怒气冲冲）：是的，就是为你们造的，对我没有任何作用。（扔掉斗篷）但我有这把剑。（突然瞪着王子）你夺走我的幸福。来吧，我们就像其他人一样，决一胜负。我的剑削铁如泥，你的脑袋不算回事。（拔出剑）

公主（站起来，护着王子）：如果是削铁如泥的宝剑，也能刺穿我的胸膛吧。来吧！刺一下给我看看。

黑人国王（连连后退）：不，我不能刺你。

公主（蔑视）：那就是说，无法刺穿我的胸膛？你刚刚不是说削铁如泥吗？

王子：等等。（按住公主）国王说的没错。国王的敌人是我，必须像别人那样，进行一场决斗。（冲着国王）来吧，很快就能决一胜负。（拔出剑）

黑人国王：你这个男人，年纪不大，但令人佩服。准备好没有？只要让我的剑碰到，就会没命。

黑人国王和王子挥舞着剑，你来我往。很快，黑人国王的剑砍断王子的剑，就像是砍断拐杖一样。

黑人国王：怎么样？

王子：剑是被砍断了，但我还在你面前笑着呢。

黑人国王：你还想继续较量？

王子：当然！来吧！

黑人国王：不用再较量啦。（突然扔掉剑）你赢了。我的剑没有任何用。

王子（纳闷地望着国王）：为什么？

黑人国王：为什么？就算我把你杀了，那也只会让公主更加恨我。你不明白这点吗？

王子：不，我明白。我以为你不明白这种事。

黑人国王（陷入思考）：我本以为有三件宝贝，就能得到公主。看来错了。

王子（把手放在国王肩上）：我也以为只要有三件

宝贝，就能救公主。看来我也错了。

黑人国王：是的。我们俩都错了。（抓住王子的手）我们和好吧。请原谅我的失礼。

王子：请原谅我的失礼。现在看来，不知是你赢了，还是我赢了。

黑人国王：你赢了我，我赢了我自己。（冲着公主）我返回非洲，请放心。王子的剑没有削铁如泥，却刺中了我那比铁还坚硬的心。为了你们的婚礼，我献上长筒靴、宝剑和斗篷这三件宝贝。只要有这三样宝贝，在这个世界上就无人让你们痛苦。如果还有其他坏家伙，请通知我国。我会带领百万黑人士兵从非洲出发，前去征伐你们的敌人。（悲伤地）为了迎娶你，我在非洲都城的正中央修建了大理石宫殿，宫殿周围全是荷花。（冲着王子）请你穿上这双靴子，时不时来玩一下。

王子：肯定会让你请我们吃饭的。

公主：（把蔷薇花插在黑人国王的胸前）我做了对不起你的事情。我做梦也没想到你是这么温柔善良的人。请原谅我！我做了对不起你的事。（靠在国王胸前，像孩子一样哭起来）

黑人国王：（抚摸公主的头发）谢谢你能这么说。我也不是恶魔。只有童话故事中才有恶魔一样的黑人国王。（冲着王子）对吗？

　　王子：是的。（冲着观众）诸位！我们三人觉醒了。只有童话故事里才有恶魔一样的黑人国王，才有拿着三件宝物的王子。既然觉醒了，就不能活在童话故事里。在我们面前，一个更广阔的世界正从浓雾深处浮现出来。从这个蔷薇花和喷泉的世界出发，我们一起前往那个世界！更广阔的世界！更丑陋、更美丽、更巨大的童话世界！我们无从得知在那个世界里等待我们的，究竟是痛苦还是快乐。我们只知道我们要像勇敢的士兵，朝着那个世界前进！

1922 年 12 月

人偶

打开木箱,人偶两对,怎能相忘!

——芜村[1]

这是某个老婆婆讲述的事情。

---

[1] 江户中期的诗人、画家。

……决定把人偶卖给横滨的某个美国人是十一月左右的事情。我家的店号是纪国屋,祖祖辈辈为各地大名筹措资金,祖父紫竹也有闲钱游山玩水、寻花问柳。人偶是我的,非常漂亮。哎呀,说起来,那对内宫人偶①中,女人偶的皇冠璎珞中有珊瑚,男人偶的纺绸衣带上还交错缝制着家徽和替代徽章。

我父亲——第十二代纪国屋伊兵卫连这些人偶都要卖掉,我也大体能体会出他当时的处境有多么困苦。不管怎样,德川家瓦解后,只有加州②大人降低了借用金③,但那也是从原来的三千两中减少了一百两而已。而因州④大人借走了四百两,却只给了一块紫金石砚台。加上我家失火两三次,经营洋布伞的生意又出了差错,所以为了一家人有口饭吃,已经把像样的东西典卖了。

劝我父亲卖掉人偶的是一个叫丸佐的古董商……那人是个光头,已经死了。这个丸佐的光头最可笑。他头顶正中有块按摩膏药大小的刺青,据说是年轻时为掩盖

---

① 仿天皇、皇后的一对男女偶人,三月三日女儿节时装饰在最上层。
② 江户时代的加贺国。
③ 江户时代,幕府及各地大名为得到资金,以付息偿还的约定,向城镇居民强制征收的借款。
④ 江户时代的因幡国。

秃顶而特意文上去的，不巧的是，后脑的头发掉得愈发厉害，最后只留下头顶这块刺青。这都是他本人说的。……闲话不提，父亲觉得十五岁的我很可怜，不管丸佐如何劝说，一直犹豫是否卖掉人偶。

决定卖掉人偶的是我那个叫英吉的哥哥……他也已经死了，当时十八岁，脾气暴躁。哥哥算开化之人吧，英语读本从不离手，喜欢政治。一提到人偶，他就会贬低挖苦，说什么偶人节就是陈规陋俗，留着那些不实用的东西毫无意义之类的话。不过，只要卖掉人偶，至少可以度过这个年关。妈妈看着父亲的艰难处境，也无法固执己见。正如前面所说，十一月中旬，人偶要被卖给横滨的美国人。什么？我吗？我虽然任性吵闹，但或许是疯丫头的缘故，倒也没有过于悲伤。父亲说卖掉人偶，就给我买一条紫色缎带……

讲定后的第二天晚上，丸佐从横滨返回，来到我家。

第三次失火后，我家没有认真整修房屋，全家住在土窑仓库中，又在旁边搭建了一个临时板房，当作店面。临时开了一个药店，药柜上摆放着很多药的金字招牌——什么正德丸、安经汤、胎毒散等。那里还点着长明灯……我这么说，你可能不明白。所谓长明灯，就是用菜油代替煤油的老式油灯。说出来不怕见笑，直至现在，我一闻到药材味，闻到陈皮、大黄之类的味道，就不禁想到长明灯。那晚，在药材味中，长明灯释放出昏暗光亮。

秃顶的丸佐和披散头发的父亲围坐在长明灯旁。

"的确只是一半的钱……请你稍微清点一下。"

打完礼节性的招呼，丸佐掏出用纸包裹着的钱。两人约定好那天交付定金。父亲把手放在火盆上，一语不发，点点头。正好那时，妈妈让我端茶过去。就在我要把茶递上去时，丸佐突然大声说道："那可不行。那可不行。"我有点丈二和尚摸不着头脑，难道茶不行吗？我看看丸佐，只见他面前放着另一个装钱的纸包：

"钱不多，权当一个心意……"

"不，你的心意，我已经领了。请你收回这钱……"

"好了……别再让我丢人。"

"你别开玩笑。你才让我丢人。我们又不是外人，你父亲曾非常关照我丸佐，不是吗？你别说见外话，把钱收好，放在那边。……哎呀，小姑娘，晚上好。哎呀，今天你盘了一个漂亮的蝴蝶发髻呢！"

我心不在焉地听着他们的对话，回到仓库中。

仓库里也可以铺十二张榻榻米吧。虽然相当宽敞，但里面既有柜子、长火盆，又有箱子和橱柜。就是这种样子，给人感觉非常逼仄。这些家具中，最引人注目的就是合计三十几个的桐木箱。不说你也知道，那就是装人偶的箱子。箱子都堆放在靠窗的墙边，随时能搬出去。长明灯被拿到临时店铺了，仓库里点着光线朦胧的纸灯笼。在带有古韵的光亮中，妈妈缝着汤药口袋，哥哥则坐在又小又旧的桌子旁，看着英语读本什么的，一如平常。我突然看到妈妈的脸，穿针引线的她垂着眼睛，睫毛下噙满眼泪。

倒完茶的我期望妈妈表扬……这么说有点夸张，但心里就这么想。这眼泪是怎么回事？我与其说悲伤，倒不如说被弄得手足无措，便尽量不看妈妈，坐在哥哥身边。哥哥英吉突然抬起头，纳闷地看看我和妈妈，露出怪笑，又接着看西洋书。我从未像此时此刻那么憎恶以开化为荣的哥哥。他瞧不起妈妈，我就是那么觉得。我猛地使出全身力气，打在哥哥背上。

"你干什么？"

哥哥瞪着我。

"打你！打你！"

我发出哭腔，再次想打哥哥，竟然忘记哥哥是个暴脾气。我抬起的手还没落下，哥哥就狠狠地抽了我一个耳光：

"不懂事的家伙。"

我自然是哭了。与此同时,一把尺子也落在哥哥身上。哥哥立刻气焰嚣张地扑向妈妈,如此一来,妈妈可不答应,颤抖着声音,和哥哥低声对吵起来。

他们争吵时,我只能懊恼地哭泣,一直哭到送走丸佐的父亲拿着长明灯从店铺返回……不,不仅我停住哭声,哥哥看见父亲,也立刻不做声。不要说我,就连哥哥也最害怕言语不多的父亲。……

当晚敲定,这个月底,在收取另一半钱时,把人偶交给横滨的美国人。什么?卖了多少钱?现在想想,便宜得离谱,但的确卖了三十日元,按照当时的市价,也算卖了大价钱。

就这样,离开人偶的日子临近。正如前面所说,我也不是特别悲伤,但随着约定日子一天天临近,不知何时起,觉得和人偶分离很难受,不过,就算我还是孩子,也知道既然决定放手就不能不放手。我只想在交给别人前,重新摆放一次人偶,好好欣赏一下。内宫人偶、五个伴奏的人偶、紫宸殿东侧的樱花、紫宸殿西侧的橘花、纸糊的手灯、屏风、漆画工具……我想再用这些东西装扮这个仓库。这就是我的心愿。可不管我如何恳求,生性顽固的爸爸就是不应允。"既然拿了别人定金,东西不管放在哪里,都是人家的。不能摆弄人家的东西。"他是这么说的。

临近月末,那是一个大风呼啸的日子。或许是因为感冒,或许是下嘴唇长了米粒大小的脓肿,妈妈说她人不舒服,没吃早饭。和我一起收拾厨房后,她单手放在额头上,脸朝下坐在长火盆前。到了正午时分,她猛地抬起头,我看见那个有脓肿的下嘴唇鼓胀得像个红山芋;而且,她的眼睛亮得吓人,一看就知道在发高烧。看见妈妈这种样子,我大惊失色,连滚带爬,冲到临时店铺找爸爸:

"爸爸!爸爸!妈妈情况不妙。"

爸爸还有那里的哥哥一起来到仓库,看见妈妈的恐怖面容,两人呆若木鸡。爸爸平时沉稳冷静,但此时也茫然无措,半天没说话。妈妈拼命挤出微笑,说了下面一段话:

"哎呀,没什么大不了。就是用指甲稍微挠了一下这个鼓起来的东西……我马上准备做饭。"

"别硬撑!做饭交给阿鹤。"爸爸半是责备地打断妈妈的话,"英吉!把本间先生叫来。"

听到爸爸的吩咐,哥哥立刻冲到大风呼啸的店外。

那个叫本间的中医，哥哥一直瞧不上他，说他是江湖医生。那医生看见妈妈时，也不知所措，交叉着双臂。一问才知道，妈妈脸上的脓肿叫面疔。本来，只要手术，面疔并非可怕的疾病。当时的悲哀处就在于没动手术。每天只是给她喝药汤，让水蛭吸坏血，仅此而已。爸爸每天在枕边煎熬本间先生的药，哥哥每天花十五文钱，出去买水蛭。我也……我瞒着哥哥，去了稻荷神社，在那里反复走一百次，恳请祛病消灾。事到如今，我也无法再提人偶。不，包括我在内，所有人一度都没有时间看一眼那三十几个堆放在墙边的桐木箱。

不过，到十一月二十九日，还有一天，就要和人偶分别。想到今天是我和人偶共处的最后一天，我按捺不住，想再次打开箱子。但不管我如何恳求，爸爸肯定不会同意。那就让妈妈说。我马上想到这个方法。妈妈的病情比之前更加严重，除了喝一点汤水，什么都吃不下，尤其最近，嘴巴里也长出带血丝的脓肿。看见妈妈这副模样，我就算是十五岁的小姑娘，也无勇气开口说想摆弄一下人偶。我从早晨起就在枕边守护妈妈，直到下午都没有说出请求。

在我的眼前，在那个铁丝网窗户下堆放着人偶的箱子。这些箱子就这样度过最后一晚，然后去了遥远的、位于横滨的外国人的宅子……或许还会去美国。想到这些，我更加不能忍受，趁妈妈睡着，悄悄来到店铺。这里的光线不好，但和仓库相比，能看见来往的人流，单凭这点就让人心情舒畅。爸爸在那里对账本，哥哥起劲地在角落里研磨着甘草之类的东西。

"爸爸，我有个请求……"

我窥伺着爸爸的脸色，说出这些天的期望。爸爸别说同意，压根就不理我。

"前段时间，不是说过这件事吗？……喂，英吉！今天，天黑前，你去一趟丸佐那里。"

"丸佐？……让他来吗？"

"说什么呢！拿一个灯回来……你带回来就好。"

"但丸佐家没有灯的……"

爸爸根本不理会我，露出难得的笑容：

"又不是烛台之类的……我拜托他买个灯。他买比我买要靠得住。"

"不用长明灯呢？"

"或许只能成为闲暇时的摆设吧。"

"旧东西原本就该相继废止。其他不说，换了新灯，妈妈的心情或许能好点。"

说完，爸爸又像方才那样打算盘。对方越不理睬，我的心愿就越发强烈。我再次从身后摇晃起爸爸的肩头：

"行不行呢？爸爸。行不行呢？"

"吵死了。"

爸爸头也不回，突然责骂起来。不仅如此，哥哥也不怀好意地瞪着我。我心灰意冷，悄悄地回到房间，只见妈妈不知何时睁开眼睛，正望着搭在脸上的手。看见我进来，她竟然口齿清晰地问了一句话："因为什么，你被爸爸骂呢？"

我不知如何回答，摆弄着枕边的棉签。

"你是不是又提了什么过分要求？……"

妈妈目不转睛地看着我，继续说下去。这次，她说得有点费劲："我的身体已经这样，所有事都是爸爸张罗，你要乖。隔壁家姑娘总去看戏。……"

"我不想看戏什么的……"

"不，不止看戏本身，还有那些簪子、和服衬领，都是你想要的东西……"

听着听着，不知悔恨还是悲伤，我终于流下泪水：

"妈妈……我呢……我什么都不要，就是想在人偶被卖掉前……"

"人偶吗？在卖掉人偶前？"

妈妈的眼睛睁得更大，凝视着我。

"在卖掉人偶前……"

我欲言又止，突然发现哥哥英吉不知何时站在身后。他俯视着我，话说得依然冷酷无情：

"不明事理的家伙！又在说人偶的事吗？你才被爸爸骂过，忘记了？"

"怎么，不行吗？你不用絮叨。"

妈妈嫌吵，闭上眼睛。哥哥似乎没听见我的话，继续训斥着：

"你都已经十五岁啦，但丝毫不懂道理。那不过是人偶，谁会舍不得那些东西？"

"多管闲事！那又不是你的人偶。"

我不服气地回嘴，之后就如同以往，两人刚吵两三句，哥哥就抓住我的衣襟，猛地将我摔倒：

"疯丫头！"

如果妈妈不制止，哥哥肯定会打我两三下。妈妈从枕头上欠起身，气喘吁吁地训起哥哥：

"阿鹤没做什么，你不能这样整她。"

"不管我怎么说，这家伙就是听不懂。"

"不，你不仅仅恨阿鹤吧？你……你……"妈妈含着泪，显得悔恨，好几次欲言又止，"你恨我，对吧？否则，我都已经病了，你应该……不会说卖掉人偶，不会欺负没有罪过的阿鹤……对吗？如果你恨我，为什么呢……"

"妈妈！"

哥哥突然叫起来，站在妈妈枕边，用胳膊肘挡住脸。之后，即便父母离开人世时，哥哥也没掉过眼泪。后来，他常年忙于政治活动，直到被送进疯人院，都没有示弱过。唯有这次，这种性格的哥哥开始抽泣，连怒不可遏的妈妈也觉得意外。妈妈长叹一口气，没有再说话，又躺在枕头上……

这场争吵后，过了一个小时，鱼店老板德藏时隔很久再次来到我家店铺。不，不是鱼店老板。他以前是鱼店老板，现在是人力车夫，这个年轻人以前经常来。提到德藏，不知道有多少好玩的事情，其中，我现在能想起的就是名字的事情。明治维新后，德藏才有名字，他决定既然取名，就要起个响当当的名字，决定叫"德川"，结果被送到衙门。那可不是被叱骂一顿就能解决的问题，据他自己说，对方的气势就像要将他问斩。就是这个德藏，轻松地拉着画有牡丹、中国狮子图案的人力车，晃悠到店门口。我正琢磨他的目的，德藏自己就说起来：趁今天没客人，让小姐坐坐人力车，陪她从会津原去红砖大道逛逛。

"你觉得怎样？阿鹤。"

当时，我来店里看人力车，爸爸煞有介事地问了一句。如今的孩子或许不会因为坐人力车而高兴，但当时的我就宛如坐小汽车一般开心。不过，妈妈生着病，加上刚和哥哥发生争吵，我无法坦然地说"想去"，只能沮丧着脸，小声小气地说"想去"。

"那你去问一下妈妈。难得人家德藏愿意搭着你。"

不出所料，妈妈没睁开眼睛，但脸上露出微笑，说："那最好。"那个心眼不好的哥哥也去了丸佐那里，正好不在家。我俨然忘记自己刚哭过，赶紧跳上人力车，就是那个红毯子搭在膝盖上、车轮发出"哐啷哐啷"声响的人力车。

沿途看见的景色就不一一赘述。不过直到现在，我经常会提起德藏那时的抱怨。德藏带着我，快到红砖大道时，差点和迎面载着外国女人的马车相撞。虽然躲开，他还是气恼地咂吧嘴巴，说了这么一句话：

"小姐你太轻了，这可不行。我的脚很重要，却使不上劲，刹不住。……小姐。拉车人很可怜，你在二十岁前可不要坐人力车哟。"

人力车从红砖大道，拐过胡同，折返掉头，突然遇到哥哥英吉。他正快步走在路上，手里提着一盏被煤烟熏黑、带着把柄的油灯。看到我，他扬起手中的油灯，意思是"等一下"。而在此之前，德藏已经掉转车头，拉着车子朝哥哥跑去。

"辛苦了，阿德。你们刚才去哪儿呢？"

"嘿嘿，没什么，今天带小姐游览一下江户。"

哥哥露出苦笑，走到人力车旁。

"阿鹤，你先把这个灯带回去。我顺道去一趟油铺。"

才和他争吵过，所以我故意默不作声，只是接过油灯。哥哥刚走开，又急忙转过身，扶着人力车的挡泥板，冲我说道："阿鹤，你不要再和爸爸提人偶。"

即便如此，我还是保持沉默，心里想："你才欺负过我，又来了。"哥哥则不管不顾，继续小声说下去：

"爸爸之所以说不能看人偶，并不完全是因为收了人家的定金。如果看了人偶，大家都会舍不得。也要想到这点。好吗？明白吗？如果明白，就不要像刚才那样，说什么'我想看人偶'。"

我从哥哥的声音中感受到从未有过的关切之情。不过，

没有人比我哥哥更奇怪。我刚觉得他说话温柔,他突然又像平时那样吓唬我:

"如果你还想说,就说吧。肯定会换来一顿痛骂。"

哥哥恨恨地说完,没和德藏打招呼,就急忙走开了。

这是当晚的事情。我们一家四口围坐在仓库里的饭桌旁,不过妈妈只是从枕头上抬起头而已,并不是真正意义上的围坐。我感觉那天的晚饭比平时丰盛,这里就不多说了。或许因为当晚没有点昏暗的长明灯,新煤油灯发出明晃晃的光亮。哥哥和我吃着饭,不时地望望新灯,可以看见煤油的玻璃壶身、让火焰不会摇曳的灯罩。我们望着带有如此美丽部件的罕见的煤油灯。

"真亮啊,就像白天。"

爸爸扭头看着妈妈,心满意足地说道。

"亮得晃眼睛。"

妈妈说道,脸上几乎浮现出近似于不安的神色。

"那是因为你习惯了长明灯……不过,一旦用了煤油灯,就不想再用长明灯喽。"

"所有东西刚开始都令人炫目。灯也好,外国的学问也罢……"

哥哥比谁都来劲。

"即便如此，习惯了都一样。很快大家就会说这个灯也暗嘛。"

"那敢情好，或许会那样。……阿鹤。妈妈的米汤，你喂得怎样？"

"妈妈说今晚吃了很多。"

我按照妈妈的吩咐，漫不经心地回答道。

"可不行啊。毫无食欲吗？"

听到爸爸的问话，妈妈只能叹口气：

"是的。总觉得这个煤油的气味……说明我还是老派。"

之后，我们没再多话，只是用筷子夹着饭菜。妈妈时不时还会赞赏一下煤油灯的明亮，那片肿胀的嘴唇上甚至还会浮现出微笑。

当晚十一点多，我们都休息了。即便闭上眼，我依旧辗转反侧。哥哥让我不要再提人偶，我也断了这个念头——打开箱子看人偶是不可能被同意的。但想打开箱子看人偶的心情，我丝毫没变。人偶明天就要去遥远的地方。一想到这些，我紧闭的双眼中自然而然地充满泪水。索性趁大家睡觉时，我悄悄地一个人打开箱子看看？我也想过这么干。或者藏起一个人偶？我也想过这么干。但不管怎样，如果被发现……想到这里，我还是害怕的。

说实话，在我的记忆中，那晚想到的可怕事最多。今晚再有一场火灾就好了，如此一来，在交给别人前，所有人偶烟消云散；或者，美国人和秃顶的丸佐得了霍乱，如此一来，人偶就不会去任何地方，我就能好好保存。脑海中浮现出这些空想。然而，不管怎样，毕竟还是孩子，不到一小时，我就不知不觉陷入熟睡。

不知过了多久，我突然从睡梦中醒来，听见声响，在点着昏暗灯笼的仓库中，有人似乎起来了。是老鼠，还是小偷，抑或是天亮呢？我弄不清状况，眯着眼，胆战心惊地看过去。只见爸爸穿着睡衣，独自坐在我的枕边，正扭头看我。爸爸！……让我吃惊的不仅仅是爸爸。在爸爸面前，摆放着我的人偶，那些从偶人节后再也没看过的人偶。

当时，我觉得那是在做梦。我几乎屏住气，出神地看着这不可思议的景象。借着摇晃的灯笼光亮，我看到——捧着象牙的男人偶，皇冠璎珞垂落的女人偶，紫宸殿东侧的樱花，紫宸殿西侧的橘花，抬着长柄遮阳伞的仆人，将高脚盘捧在眼睛下方的宫女，画着漆画的小梳妆台、衣柜，嵌满贝壳的屏风、饭碗，纸糊灯笼，彩线手球，还有爸爸的面庞……

我觉得那是在做梦……啊，之前我就说过。那晚的人偶真是梦吗？难道我太想看人偶了，不知不觉在眼前出现幻觉？时至今日，那是否真实，我都不知如何回答。

但那天深夜，我看见年迈的爸爸独自望着人偶，唯独这点千真万确。即便那是梦境，我也不觉得悔恨。总之，在我眼前，我看到了和我一模一样的爸爸，看到有点优柔寡断却让人感觉庄重持稳的爸爸。

  我是几年前着手创作《人偶》这篇小说的。现在，完成这篇小说，并不仅是因为泷田①先生的建议，还因为在那四五天前，在横滨某个英国人家的客厅里，我遇见一个正在摆弄旧人偶脖子的外国女童。如今，出现在这篇小说中的人偶或许也被扔进装有铅制士兵、胶皮木偶的玩具箱，经受着同等的命运吧。

1923 年 2 月

---

① 泷田哲太，著名的编辑。

猿蟹大战

饭团被猴子抢走的螃蟹终于大仇得报,它和碾子、蜜蜂、鸡蛋一起杀死宿敌猴子。现在无须再说这件事。不过,干掉猴子后,螃蟹和它的同志们遭遇怎样的命运,这有必要说一说,因为童话故事里完全没有提及。

不,何止没有提及,甚至给人以错觉,仿佛它们各居其所，螃蟹在蟹洞里，碾子在厨房角落里，蜜蜂在房檐前的蜂巢里，鸡蛋在稻糠箱里，一生太平无事。

但那不是事实。它们报仇后，就被警察逮捕，全被投入大牢，历经多次审判，最终主犯螃蟹被判处死刑，碾子、蜜蜂、鸡蛋等同案犯被判处无期徒刑。对它们此种命运，只知道童话故事的读者或许觉得奇怪。但这就是事实，毋庸置疑的事实。

用螃蟹自己的话说，它用饭团和猴子交换柿子，但猴子没有给熟柿子，给的都是青柿子，而且还乱砸，颇有伤害之嫌。而螃蟹和猴子没有交换过一份证明，好，这个暂且不论，说是交换饭团和柿子，但也没有指定是熟柿子。最后，关于乱砸青柿子一事，猴子是否有恶意，相关证据也不充分。因此，那位以雄辩著称、替螃蟹辩护的律师除了恳求法官同情外，似乎也束手无策。听说那位律师当时一边怜惜地擦去螃蟹吐出的气泡，一边说"认命吧"。不过，谁也不知道这个"认命吧"是什么含义，是指对死刑宣判"认命吧"，还是对被收取的昂贵律师费"认命吧"。

另外，报纸杂志上的舆论也几乎不同情螃蟹，指责颇多：螃蟹杀死猴子不过是宣泄私愤的结果。所谓私愤，不过是螃蟹因为无知和轻率被猴子侵占利益，对此感到恼恨罢了。事实上，作为商会会长，某位男爵在发表上述意见的同时，还做出一个定论——螃蟹之所以杀死猴子，或许多少受到危险的流行思潮的影响。或许是这个缘故，据说螃蟹报仇后，那位男爵除了招募壮汉外，还豢养了十只斗牛犬。

而且，在所谓的有识之士中，螃蟹的复仇也完全没有获得好评。作为大学教授，某位博士从伦理学层面发表意见：螃蟹出于复仇意志杀死猴子，而复仇很难被称作善事。除此之外，某位社会团体头领说：螃蟹把柿子、饭团这类私有财产看得很重，碾子、蜜蜂和鸡蛋等也具有反动思想，说不定在后面撑腰的就是国粹会①。作为某宗教掌门人，某位大师认为螃蟹完全不知"佛祖慈悲"，即便被青柿子砸到，只要知道"佛祖慈悲"，就不会憎恨猴子的所作所为，反倒怜悯对方。啊，细细想来，哪怕一次也好，应该让它听我讲授经法。有许多各行各业的名师大家对此事进行评论，但所有声音都不赞成螃蟹报仇。在这种氛围中，只有一人为螃蟹发声呐喊，那就

---

① 全称是"大日本国粹会"，右翼暴力团体，1919年10月在原敬内阁内务大臣床次竹二郎的操纵下成立。

是某位酒豪诗人的议员，他认为螃蟹的复仇和武士道精神一致。但恐怕谁也不会听进这种落后于时代的言论。不仅如此，报纸上的杂谈还说那位议员前几年游览动物园时被猴子撒过一泡尿，对此耿耿于怀。

只知道童话故事的读者或许会为螃蟹的悲惨命运落下同情的眼泪。但螃蟹被处死，无可厚非，凡是觉得可怜的，不过是妇女儿童的感伤情绪。全天下都认为螃蟹被处死是正确的。事实上，听说从执行死刑的那晚起，法官、检察官、律师、管教、死刑执行人、忏悔师等人酣睡四十八个小时，而且，据说所有人都在梦里看见了天国之门。用他们的话说，天国就像是一个酷似封建时代城池的百货公司。

顺便也想提一下螃蟹死后的家庭情况。螃蟹的妻子成为卖笑女，因为贫困还是本人性情使然，无从得知。父亲死后，螃蟹的长子——用报纸杂志上的话来说——"幡然悔悟"，如今在某个无所不涉及的股份公司里做经理什么的。这只螃蟹为了吃同类的肉，有时会把受伤的伙伴拽进自己的洞穴。克鲁泡特金[①]在《互助论》中说螃蟹也会抚慰同类，而这只螃蟹将此理论付诸实践。螃蟹的

---

① 俄国地理学家、无政府主义运动的最高精神领袖和理论家。

次子成为了小说家,当然,因为是小说家,除了迷恋女人,无事可做,只是以自己父亲为例,胡乱罗列许多讽刺性语句,如"善是恶的别名"之类的。螃蟹的三儿子愚钝,只能做螃蟹,它横着走的时候,看见有个饭团掉在地上。它喜欢吃饭团,便用大钳子尖夹起这个"猎物"。而在高高的柿子树梢上,一只猴子正在抓虱子。或许接下来的事情就无须赘述了。

总之,为了天下人,和猴子战斗到最后的螃蟹只能被杀死,这是事实。我把一句话送给天下的读者:"你们也基本上是螃蟹。"

1923 年 2 月

两个小町

一

小野小町正在帷幔后读着绘草纸①。这时,黄泉使者突然出现。黄泉使者是个黑皮肤的年轻人,还有一双兔

---

① 面向妇女或儿童的带有插图的小说。

耳朵。

小町（大吃一惊）：你是谁？

使者：我是黄泉使者。

小町：黄泉使者？那我就要死了？就不能留在这个世上了呢？稍等一下。我才二十一岁，正是如花似玉的年纪。请救救我！

使者：不行。我这个使者连万乘之君都不放过。

小町：你难道没有同情心吗？如果我现在死了，深草少将怎么办？我和少将相约"在天愿作比翼鸟，在地愿为连理枝"。啊！一想到这个约定，我就撕心裂肺。少将如果听说我死了，一定会叹息而亡。

使者（显得百无聊赖）：能叹息而亡算幸福的，毕竟一度相恋过。……你说的事无关紧要。好了，我陪你去地狱吧。

小町：不行，不行。你还不知道？我不是平常身体，已经怀了少将的血脉。如果我死了，孩子也——我可爱的孩子也要死掉。（哭泣着）你会说"那也无所谓"吗？你会说"让孩子从黑暗走向黑暗也无所谓"吗？

使者（有点畏怯）：孩子是可怜。但这是阎王的命令，请你和我一起来吧。其实，地狱也没你们想的那么坏。

从古至今，名闻遐迩的才子佳人一般都去了地狱。

小町：你是鬼，是罗刹。如果我死了，少将也会死，少将的孩子也会死。我们三人都死了。不仅如此，我上年纪的爸妈也会一起死。（哭声更响了）我原以为，就算黄泉使者，也会和善一些。

使者（显得为难）：我想救你，但是……

小町（恢复活力，抬起头）：那请你救我。五年、十年都无所谓，请延长我的寿命。只要五年，只要十年，只要孩子长大成人就可以。这么说都不行吗？

使者：哎呀，年限什么倒无所谓。但如果不带你去，就要换一个人。要和你年纪相仿……

小町（兴奋起来）：带谁去都行。在我的女仆当中，有两三个人和我同龄。不管阿漕，还是小松，都可以。你想带谁，就带谁去。

使者：名字也必须和你一样，叫小町。

小町：小町？有没有一个叫小町的人呢？有的，有的。（突然笑起来）有个叫玉造小町的人。就让她代替我，请带她去吧。

使者：年纪也和你一样吗？

小町：正好同龄，就是不漂亮。不管什么容貌都可以吧?

使者(和蔼可亲):不漂亮好。我就不会同情呢。

小町(活泼起来):那就带那个人去吧。她经常说"与其活在这个世上,还不如住在地狱",因为她就没有遇到合适的人。

使者:好的,就带那个人去。那请你照看好孩子。(得意扬扬)黄泉使者也懂人情味的。

使者突然消失。

小町:啊!终于得救了。这都是平时信奉的神佛安排的结果。(双手合十)众多大神,各方菩萨,请不要揭穿我的谎言。

二

黄泉使者背着玉造小町,走在暗穴路上。

小町(发出尖叫声):去哪里?去哪里?

使者:去地狱。

小町:去地狱?!不可能。就在昨天,安倍晴明还说我能活到八十六岁。

使者：那是阴阳师的谎言。

小町：不，不是谎言。只要安倍晴明说的话，都灵验。你才撒谎。看，你不知道怎么回答吧？

使者（独白）：我太老实了。

小町：你还要刚愎自用吗？快！老实交代。

使者：说实话，你的确可怜……

小町：我就觉得是这么回事。"可怜"是怎么回事？

使者：你是代替小野小町，坠入地狱。

小町：代替小野小町？这又是怎么回事？

使者：她说自己有孕在身，是深草少将的孩子……

小町（愤然）：你觉得那是真的吗？你呀！那是谎话。即便现在，少将只是连续一百个晚上去她家门外求爱。不要说怀了少将的血肉，恐怕连少将本人都没见到一次。谎言！谎言！彻头彻尾的谎言！

使者：彻头彻尾的谎言？这种事不会吧？

小町：那你就问问所有人。少将连续一百个晚上去她家门外求爱的事情，连卑贱的孩子都应该知道。而你竟然不认为是谎言……反倒让我代替她……过分，过分，过分！（开始哭起来）

使者：不要哭！哭解决不了问题。（从背上放下小町）

与其活在这个世上,你不是一直想住在地狱吗?看来,我被欺骗,你反倒幸福吗?

小町(恨恨的):谁这么说的?

使者(胆战心惊):也是刚才那个小野小町……

小町:多么厚颜无耻的人。骗子!狐狸精!勾引男人的妖精!大骗子!母天狗!好吃懒做的女人!如果下次让我碰见,我一定咬断她喉咙。不甘心!不甘心!不甘心!(推搡黄泉使者)

使者:好了,请等一下。我什么都不知道。好了,请把手松开。

小町:你难道不是傻瓜吗?那种谎话,你也信以为真……

使者:谁都会信以为真……你有什么事被小野小町忌恨吗?

小町(露出奇怪的微笑):好像有,好像没有……或许有吧。

使者:所谓的忌恨是什么呢?

小町(轻蔑):我们不都是女人吗?

使者:原来如此。都是美丽女人……

小町:哎呀,奉承话,你就别说了。

使者：不是奉承话。我觉得是真美，不，是无法用语言表达出来的美。

小町：哎呀，你尽说人家爱听的话。你长得才英俊呢，一点都不像黄泉使者。

使者：我这个黑皮肤的男人？

小町：皮肤黑的男人才棒，才有男人味呢。

使者：这个耳朵让人感觉不舒服吧？

小町：哎呀，不是很可爱吗？请让我摸一下，因为我最喜欢兔子。（玩弄一下使者的兔耳朵）再靠过来一点。不知为何，我感觉自己能为你去死。

使者（抱住小町）：真的吗？

小町（眼睛半闭）：如果是真的呢？

使者：就这样。（准备接吻）

小町（推开他）：不行！

使者：那……那你骗我！

小町：不，不是假话。我只想知道你是否真心。

使者：那请尽管吩咐。你想要什么？火鼠皮吗？蓬莱的玉枝吗？还是燕子的安产贝壳吗？①

小町：等等。我的愿望只有一个——请让我活下去。

---

① 这三件物品出自《竹取物语》，象征稀世珍宝。

反之，请把那个小野小町——可恶的小野小町带走。

使者：仅仅如此就可以吗？好的，就照你说的办。

小町：肯定哟？！哎呀，太高兴呢！如果肯定的话……（把使者拉到身边）

使者：我好像快要死了。

三

诸多神将，有的执戟，有的提剑，守护在小野小町的屋顶上。就在那时，黄泉使者踉踉跄跄出现在空中。

神将：你是谁？

使者：我是黄泉使者，请让我过去。

神将：不能让你过去。

使者：我来带走小町。

神将：更不可能把小町交给你。

使者：更不可能？你们是什么人？

神将：我们三十番神，受天下阴阳大师安倍晴明所托，前来守护小町。

使者：三十番神！你们守护那个骗子——那个勾引男

人的女骗子?

神将:闭嘴!你这小子不仅欺负弱小女子,还给人家泼脏水,真是粗鲁无礼。

使者:泼脏水?小町真的是勾引男人的骗子,难道不是吗?

神将:不要再说!好吧好吧,你说吧,我把你两只耳朵都削掉。

使者:可小町的确……

神将:(愤然)吃我一戟!去死吧!(扑向使者)

使者:救命!(消失了)

四

数十年后,两个年老的女乞丐在枯芒草地上交谈着。一个是小野小町,另一个是玉造小町。

小野小町:苦日子没尽头呀。

玉造小町:与其这么受折磨,还不如死掉好。

小野小町(像是自言自语):那时死掉就好了。遇见黄泉使者时……

玉造小町：哎呀，你也遇见了吗？

小野小町（很狐疑）：你说"你也遇见了吗？"，难道你也遇见了？

玉造小町（冷淡）：没有，我没有遇见。

小野小町：我遇见的也是黄泉使者。

两人沉默一段时间。黄泉使者急匆匆地从她们身边经过。

玉造小町：黄泉使者！

小野小町：黄泉使者！

黄泉使者：谁喊我？

玉造小町（冲着小野小町）：你不是认识黄泉使者吗？

小野小町（冲着玉造小町）：你也不会说不认识他吧？（冲着黄泉使者）这位就是玉造小町。你早就认识吧。

玉造小町：这位就是小野小町，也是你的老朋友吧。

黄泉使者：什么？玉造小町和小野小町？你们——皮包骨头的女乞丐！

小野小町：反正就是皮包骨头的女乞丐。

玉造小町：你忘记了你曾抱过我？

黄泉使者：好了，请不要生气。你们变化太大，我顺嘴就说出来了……你们喊住我，有何贵干？

小野小町：当然有。当然有。请把我带到黄泉。

玉造小町：请把我也一起带去。

黄泉使者：带你们去黄泉？别开玩笑！又来骗我！

玉造小町：哎呀，怎么会骗你呢？

小野小町：真的，请带我去吧。

黄泉使者：带你们？（摇摇头）我不会答应。我可不愿再触霉头。你们拜托别人吧。

小野小町：请可怜我吧。你也懂人情味的。

玉造小町：不要说那种话，请把我带去。我一定会成为你的妻子。

黄泉使者：不行！不行！一旦和你们扯上关系——不，不仅是你们，一旦和女人这种东西扯上关系，就不知会遇到什么麻烦。你们比老虎厉害，就像那个比喻，你们内心如夜叉。首先，在你们的眼泪面前，所有人都会变得没出息。（冲着小野小町）你的眼泪很厉害。

小野小町：骗人！骗人！你从未被我的眼泪打动过。

黄泉使者（充耳不闻）：第二点，只要你们以身相许，就无往而不胜。（冲着玉造小町）你就是用的这一手。

玉造小町：你不要说这么下流的事情。你真的不懂爱恋。

黄泉使者(还是不管不顾):第三点,这正是最可怕的。自神代以来,整个世界都被女人彻底欺骗。提及女人,人们就会认定女人弱小,女人温柔,让女人遭罪的总是男人,女人总是受害者。人们只会这么想。然而真相是,男人始终因为女人而烦恼。(冲着小野小町)看看三十番神。他们唯独把我当作恶人。

小野小町:不要说神佛的坏话。

黄泉使者:对我而言,你们比神佛更可怕。你们随心所欲地玩弄男人的身体和心灵。如果觉得力不从心,还会借用世间的力量。没有比你们更强大的。你们还在全日本播撒成为你们牺牲品的男人的尸骸。我要远离你们,我必须小心翼翼,以免被你们的爪子挠住。

小野小町(冲着玉造小町):哎呀,真是强词夺理,让人听得恐怖。

玉造小町(冲着小野小町):男人自以为是,真让我无话可讲。(冲着黄泉使者)女人才是男人的牺牲品。不,不管你怎么说,女人肯定也是男人的牺牲品。不管过去,还是现在,都是男人的牺牲品。将来也是男人的……

黄泉使者(突然兴高采烈):将来男人有希望呢。女太政大臣、女检非违使①、女阎王、女三十番神，如果这些人物出现，男人或许能稍微得救。第一，女人除了寻猎男人之外，也能做一番大事业。第二，相比现在男人统治的世界，女人统治的世界恐怕对女人不会那么宽容吧。

小野小町：你就那么憎恨我们？

玉造小町：恨吧，恨吧，索性你就恨吧。

黄泉使者（忧郁）：我恨你们还不够彻底。如果彻底恨你们，或许我会更幸福。（突然像高唱凯歌一样）现在没关系。你们已经不是过去的你们，是皮包骨头的女乞丐。我不会被你们的爪子挠住。

玉造小町：是的。那你有多远滚多远。

小野小町：哎呀，不要说那种话……我都这样求你呢。

黄泉使者：不行。再见！（消失在干枯的芒草丛中）

小野小町：怎么办？

玉造小町：怎么办？

两人趴在地上，痛哭流涕。

1923年2月

---

① 相当于监察京城内有无违法行为的官职，后来还掌管诉讼、审判，权力很大。

志野

这里是教堂大殿。若在平素,此时此刻,阳光还照在玻璃画的窗户上,但因为阴霾的梅雨天,现在光线昏暗,和傍晚时分相差无几。殿堂内,只有哥特风格的柱子朦胧散发出原木本色,高耸守护着读书室。另外,殿堂内侧的长明灯映照着一尊伫立在神龛内侧的圣者立像。

已经没有一个礼拜者。

在这昏暗的殿堂内,一个洋神父正垂头祈祷。他大约四十五六岁,额头不宽,颧骨突出,络腮胡子浓密,拖曳到地上的衣服好像是叫作"苦行衣"的教袍,而念珠则在手腕处缠绕一圈,微微垂挂下几颗绿色玉珠。

殿堂内自然是鸦雀无声,神父也纹丝不动。

就在那时,一个日本女人静静地走进殿堂。她身穿旧布衣,扎着黑腰带,看上去是武士的妻子,或许三十岁左右吧,但乍看上去比实际年龄苍老许多,主要是她脸色不好,眼睛周围都是黑眼圈。不过,这女人五官还算端正,不,过于端正,反倒让人觉得严厉冷酷。

女人好奇地看着圣水盘和祈祷桌等,战战兢兢走到殿堂深处,突然看见一个神父跪在昏暗的圣坛前,大吃一惊,停下脚步,但她很快就察觉到对方正在祈祷,便一声不响地站在那里,望着神父。

殿堂内还是鸦雀无声,神父纹丝不动,女人也纹丝不动,就这样持续了好一阵子。

神父做完祈祷,终于从地上抬起身,见面前站着一个欲言又止的女人。来教堂参观基督受难像的人并不少见,但这女人似乎不是来看热闹的。神父有意识地露出微笑,用只言片语的日语询问来意："您有什么事吗？"

"是的，我有个小请求。"

女人谦恭地点头致意，尽管装束寒酸，还是用簪子把头发盘得整整齐齐。神父微笑着，用眼睛示意回礼，手指一会儿捏着念珠，一会儿松开。

"我是已故一番濑半兵卫的老婆，我叫志野。实不相瞒，我儿子新之丞得了重病……"

女人吞吞吐吐片刻后，开始像朗读一样说明来意。新之丞今年十五岁，从春天起无缘无故地生起病，咳嗽高烧，没有食欲。志野竭尽所能，寻医买药，为给他看病殚精竭虑，但儿子的病情丝毫不见好转，身体日渐虚弱，最近更是因为手头拮据，无法让他接受像样的治疗。听说教堂神父连白癜风都能治好，就想请神父拯救新之丞……

"您能给他看病吗？行吗？"

女人说着话，目不转睛注视着神父，眼睛里既没有祈求怜悯的神色，也没有因为担忧而难以忍受的痕迹，只是显示出某种近似于固执的宁静。

"可以。我给他看。"

神父拽着下巴上的胡须，若有所思地点点头。女人来这里，不是寻求灵魂救赎，而是寻求肉体救助。那也不用责备。肉体是灵魂之家。只要把家修复如初，主人的病也就容易好转。例如，现在已成为传教士的法比安不就是抱着如此目的而膜拜十字架吗？让这女人来教堂，或许就是神的安排吧。

"你儿子来了吗？"

"我觉得他来不了……"

"那你带我去吧。"

此时，女人的眼睛里闪现出瞬间的喜悦之光：

"真的？如果您能去，那真是莫大的幸福。"

神父被女人的温柔感动，那一瞬间，他发现这个母亲虽然面容近似能面①，内心却并非那么冰冷。站在面前的不是中规中矩的武士妻子，不，也不是日本女人，反而是往昔那个让饲料槽中的基督含着美丽乳房的玛利亚，那个"充满爱心、无比温柔、非常甜美的天妃"。神父挺起胸膛，冲女人开心地说起来：

"请放心！他的病因，我大致知道。你儿子的命就交给我。我会尽力而为。如果力量有限……"

女人沉静地插了一句话：

"您别多想。只要您看过，之后不管发生什么，我

---

① 日本古典戏剧"能"中所用的面具。

也就不遗憾。最后只能缠着清水寺的观世音菩萨，祈求冥福呢。"

观世音菩萨！听到这名字，神父马上露出恼怒的神色。他用锐利的眼神直勾勾地看着一无所知的女人，摇着头，劝诫起来：

"你要注意。观音、释迦、八幡①、天神——你们崇敬的都是木制或石制的偶像。真正的神，真正的天主只有一个。你儿子的存亡也在于天主的圣意。那不是偶像所能知道的。如果你希望儿子没事，就不要向偶像祈祷。"

女人用下颚略微抵着旧布衣的衣襟，惊讶地看着神父。她是否明白神父充满愤怒的话语，无从得知。神父几乎要靠将过来，探出满是胡须的面庞，继续拼命劝诫：

"你要相信真正的神。真正的神只有出生在犹太国伯利恒的耶稣基督。此外没有其他神。如果你觉得有，那都是恶魔，都是堕落天使的化身。耶稣为了拯救我们，把身体钉在十字架上。你看，他的样子，看到没？"

神父庄严地伸出手，指着身后窗花上的玻璃画。在昏暗殿堂中，微弱阳光映照的窗户上，浮现出受难的基

---

① 本来是日本丰前国（大分县）宇佐地区的农业神，后来被尊崇为保护佛教和护国之神。

督像，浮现出在十字架下哭泣迷茫的玛利亚和一众弟子。女人按照日本人的习惯，双手合十，静静地抬头望着窗户。

"那就是传说中的西方如来吗？只要儿子能得救，我可以一辈子侍奉那个受难佛祖。我向您祈祷，请赐予冥护吧。"

女人沉稳的声音中蕴含着深深的感动。神父略微昂起脖子，似乎炫耀胜利一般，说得比刚才更加来劲：

"耶稣为消除我们的罪孽，为拯救我们的灵魂，才降临人间。你听好，我讲讲他这一生的艰难困苦。"

神父来回走着，产生一种神圣的感动，一口气讲完基督的生涯：天使告知具备所有美德的处女玛利亚——她已经怀孕；基督降临在马厩中；贤明的东方博士循着宣告基督诞生的星辰，捧来了乳香和没药；因为畏惧弥赛亚[①]，希律国王[②]杀死许多儿童；约翰[③]接受了耶稣的洗礼；耶稣在山上传道；耶稣将水化作红酒；在耶稣帮助下，盲人的眼睛复明；耶稣把纠缠玛格达拉的玛利亚的七个

---

① 基督教中对救世主耶稣的尊称。
② 犹太国王，实行冷酷无情的专制统治，曾因大量屠杀伯利恒儿童而恶名远扬。
③ 耶稣的十二门徒之一。耶稣升天后，其领导了耶路撒冷的基督教会，后代认为他是《约翰福音》《约翰启示录》的作者。

恶鬼统统赶走；耶稣让已故的拉撒路①死而复活；耶稣能在水上走路；耶稣骑在驴背上进入耶路撒冷；悲惨的最后晚餐；在橄榄园中祈祷……

神父的声音犹如天籁之声，响彻在昏暗殿堂内。女人两眼放光，一言不发，出神地听着他的话。

"请你想想！耶稣和两个盗贼一起被钉在十字架上。他当时的悲伤，他当时的痛苦……一想到这些，我现在就浑身颤抖。耶稣被钉在十字架上，他的临终之言尤其让人心如刀绞：'伊洛伊，伊洛伊！拉马萨巴库塔尼。'翻译出来就是'我的神啊,我的神啊,为何要抛弃我'……"

神父不由自主地闭拢嘴，只见女人脸色苍白，咬着下嘴唇，目不转睛地盯着他。那眼里闪动的完全不是感动之类的神色，只是冰冷的轻蔑和彻骨的憎恶。神父呆若木鸡，好一阵子，像哑巴一样眨巴着眼睛。

"所谓真天主，西方如来，就是这种人？"女人一反之前的恭谨，毫不留情地说起来，"我丈夫一番濑半兵卫虽说是佐佐木家的浪人，却从未临阵脱逃。听说攻打长光寺城堡时，丈夫因为打赌输了，别说战马，连盔甲都被人拿走。即便如此，在交战日，他把写着'南无

---

① 《圣经·约翰福音》中记载的人物。

阿弥陀佛'几个大字的纸外褂套在裸露的身体上，把带枝的竹子插在后背，当作战旗，右手拔出三尺五寸长的武士刀，左手打开红纸面的扇子，大声唱着'做好思想准备，与其偷杀几个小卒，不如直取鬼头'，把织田信长阵中号称'恶魔'的柴田军杀得屁滚尿流。而所谓的天主，不过被钉在十字架上，就发出那种可悲的哀叹声，真让人瞧不起。信奉如此胆小的宗教究竟有何益处？我也不能在丈夫的牌位前，让属于胆小宗派的你给我儿子新之丞看病。新之丞可是我丈夫的孩子，而我丈夫可是那个斩杀敌人首领的半兵卫。与其喝下胆小者给的药，不如让他剖腹。早知如此，我不会专程来此。要说遗憾，仅此而已。"

女人吞着泪，猛地转过身，背朝神父，大步流星走出殿堂，犹如躲避毒风一般，只留下瞠目结舌的神父……

1923 年 3 月

老年的素戋呜

⊓──一──⊓

降伏高志①大蛇的素戋呜②迎娶栉名田姬③,并成为了

---
① 日本古代对北陆地区的称呼,包括现在的福井、石川、富山、新潟等县。
② 天照大神的弟弟,因性格粗野被放逐至根之国,但他在出云国降伏八岐大蛇,从蛇尾获得天丛云剑,后献给天照大神。
③ 在出云国险些被八岐大蛇吞食,被素戋呜所救。

足名椎①掌管过的部落的首领。

足名椎为这对夫妇在出云须贺建造了八广殿，那是宏大的建筑，屋顶的千木②直冲云霄。

素戈鸣和新婚妻子共度宁静时光，如今，风声、浪花或是夜空星光再也无法让他在广漠的远古天地游荡。他决定效仿岳父，在宫殿的宽大屋梁下，在描绘着红白相间狩猎图的房间内，找到高天原国③未曾给予的家庭温暖。

他们一起吃饭，一起描绘远景，有时移步宫殿周围的柏树林，脚踏凋零的小花，侧耳倾听梦幻般的鸟鸣。他温柔待妻，无论音容还是眼神，再也看不到往昔的狂暴。

不过，偶尔在梦中还会出现黑暗中蠕动的怪物、无形之手挥出的剑光，这些再次挑起他杀伐争斗之心。不过，一旦梦醒，他立刻想着妻子和部落，完全忘却梦中场景。

不久，他们做了父母，他给出生的男孩起名八岛士奴美。八岛士奴美性情柔顺，与素戈鸣相比，更像母亲栉名田姬。

时光如梭。

---

① 栉名田姬的父亲。
② 神社正殿屋顶两端的向上突出交叉的装饰性长木。
③ 日本神话中所说的天上世界，由天照大神统治。

之后，素戈鸣又迎娶了几房妻子，生下很多孩子。那些孩子长大成人后，遵照他的命令，率领军队，前去征服其他部落。

随着子孙增加，他的名声也逐渐远播各地，各部落纷纷前来进贡。运送贡品的船只上，除搭载着绢丝、皮革、玉石等，还有前来参拜须贺宫殿的各地民众。

一天，在前来朝圣的人群里，素戈鸣发现三个来自高天原的年轻人。他们和当年的自己一样，体格健壮。素戈鸣带他们进宫，亲自斟酒。迄今为止，这位勇猛的部落首领从未给任何人如此待遇。起初，年轻人难以揣测他的意图，多少有畏惧之心，但酒一喝开，如他所愿，他们击打酒罐底，唱起高天原的歌曲。

年轻人离开宫殿时，素戈鸣取出一把剑，吩咐道："这是我斩杀高志大蛇时，从蛇尾取出的剑，现在赠与你们，替我转交给你们家乡的女王。"

年轻人捧着剑，跪在他面前，发誓绝不违背他的命令。

随后，他独自前往海边，目送他们所乘船舶的帆影逐渐消失在波涛汹涌的远方。船帆在破雾而出的日光照射下，一闪而过，俨然去了天穹。

二

死亡并没放过素戈鸣夫妇。

乖巧的八岛士奴美长大成人时,栫名田姬突发急病,一个月后撒手人寰。素戈鸣虽有几房妻妾,但能让他像爱自己一样珍爱的人唯有栫名田姬。因此,当摆放灵柩的屋子建成后,素戈鸣在亡妻依旧美丽的躯体前,坐了七天七夜,默默流泪。

那段时间,宫中充满恸哭声,尤其是年幼的须世理姬的悲鸣哀叹一直传到宫外,连路人都不禁潸然泪下。她是八岛士奴美唯一的妹妹,正如哥哥像母亲,她像父亲,情感热烈,超过许多男人。

很快,栫名田姬的遗体和生前所用的玉器、镜子、衣服等一起被埋葬在一座小山的山腰处,那儿离须贺宫不远。不过,为抚慰踏上黄泉路的栫名田姬,素戈鸣没有忘记活埋曾经侍奉过妻子的十一名女子。那些女子穿着整齐,匆匆赴死。部落老人目睹此情此景,无不皱眉,相互婉转地责难素戈鸣的暴行:

"十一人呀。首领做事全然不考虑部落旧俗。第一妃子离世，只让十一人陪送黄泉路，哪有这种礼法？才十一人。"

葬礼结束后，素戈鸣突发奇想，传位八岛士奴美，自己则和须世理姬移居大海对面的遥远的根坚洲国。

那是四面环海的无人岛，他在流浪时就喜欢上那里，觉得风景那边独好。他在岛南边的小山上修建茅草屋顶的宫殿，决定在这里安度余生。

他的头发已然泛黄，但透过炯炯的眼神，不难发现年岁增加并未消减他的力量。不，面容看上去，反倒比在须贺宫时更加彪悍。他自己都未曾意识到，自从移居小岛，之前藏在他体内的野性不知不觉开始复苏。

他和女儿须世理姬驯养蜜蜂和毒蛇。养蜂自然是为获取蜂蜜，养蛇是为获取涂在箭头的剧毒。之后，在捕鱼狩猎之余，他把掌握的武艺和魔法逐一传授给须世理姬。在如此生活中，须世理姬逐渐变得孔武有力，毫不逊色男子，可长相还像栉名田姬，气质高雅，美丽动人。

宫殿周围的槠树林几度发芽，又几度落叶。素戈鸣满脸胡须，脸上皱纹愈发增多，而须世理姬虽眼中含笑，但也愈发沉稳。

三

一天,素戈鸣坐在宫殿前的糙树林下给大雄鹿剥皮,洗海水浴的须世理姬带回一个素未谋面的年轻人。

"父亲,刚才我遇到他,就带回来了。"

说完,须世理姬把来自遥远地方的年轻人引见给抬起身的素戈鸣。

这是眉目清秀、肩宽结实的年轻男子,脖上戴着红蓝相间的挂珠,佩带着又宽又粗的高丽剑,如同年少时的素戈鸣出现在眼前。

年轻人向素戈鸣恭敬鞠躬,素戈鸣粗鲁地问起来:

"你叫什么?"

"我叫苇原丑男。"

"为何来此?"

"我想要食物和水,特地划船而来。"

年轻人毫不畏惧,回答得清楚明了。

"是吗?那你去那边,随便吃。须世理姬,你带路。"

两人进宫后,素戈鸣在糙树阴下继续用刀子灵巧地剥着雄鹿皮,不知不觉中,内心有点不安。迄今为止,生活波澜不惊，犹如晴空下的大海，但预告暴风雨来临的乌云就要在这片平静天空投下阴影。

他剥完鹿皮，回到宫中，已是日暮时分。他走上宽阶梯，如同往常，随意撩起垂落在大厅门口的帷幔，只见须世理姬和苇原丑男惊慌失措地从草席上爬起来，如同两只被捅了鸟窝的亲密小鸟。他板着脸，慢腾腾走进屋内，很快便直勾勾、恶狠狠地看着苇原丑男：

"今晚，你住在这里，舟旅劳顿，休息一下。"

他的话听上去带有半强制性。

听到他的话，苇原丑男欣喜地鞠个躬，面露羞色。

"你马上去那里，别客气，就睡在那里。须世理姬——"

素戈鸣扭头看着女儿，突然发出嘲弄的声音：

"赶紧把他带到蜂房！"

瞬间，须世理姬花容失色。

"还不赶快？！"

看见女儿犹豫，父亲如同野熊一般咆哮起来。

"明白！那么，您这边请。"

苇原丑男再次恭恭敬敬地向素戈鸣鞠个躬，跟在须世理姬后面，快步走出大厅。

四

走出大厅，须世理姬取下肩上的披巾，递到苇原丑男的手中，轻声说道："进蜂房后，把这个挥三遍，蜜蜂不会蜇你。"

苇原丑男并未明白对方的意思，但也没时间反问。须世理姬打开小门，带他进入房中。

室内漆黑一片，苇原丑男一进去，摸索着想抓住她，但手指仅能触及她的头发。接下来一瞬间，就传来慌张关门的声响。

苇原丑男摸着披巾，茫然无措，伫立屋内，过了片刻，眼睛适应了黑暗，渐渐能看清周围的状况。

透过微光一看，室内屋顶上悬挂着好几个大桶一般的蜂巢，而且，蜂巢四周还有几只蜜蜂正悠然自得地来回爬着，体形比挂在腰间的高丽剑还粗一圈。

他下意识转过身，冲到门口，尽管又推又拉，房门纹丝不动。就在那时，一只蜜蜂斜飞过来，落在地上，发出闷闷的振翅声，逐渐靠近他。

事情的发展超出他的想象，苇原丑男方寸大乱，蜜蜂还未来到脚下，他就慌张地想踩死它。一瞬间，蜜蜂发出更加响亮的振翅声，飞到他头顶上，与此同时，其他蜜蜂似乎也因为生人闯入而恼火，如同迎风的火箭，相继向他冲过来……

须世理姬回到大厅，点亮墙上的火把，熊熊红光中，只见素戋呜躺在草席上。

"你确实把他放进蜂房了吗？"

素戋呜盯着女儿，恶狠狠地说道。

"我从未违反过父亲的吩咐。"

"是吗？那今后你也当然不会违背我的吩咐，对吗？"

素戋呜话里有话，语调讽刺。须世理姬不置可否，只关心脖子上的挂珠。

"你沉默就是打算违抗吗？"

"不！父亲大人，您为何要那样——"

"如果你不打算违抗我，我就交代你一件事：我反对你嫁给那个年轻人。素戋呜的女儿必须要找一个让素戋呜满意的丈夫。行吗？就这点，不要忘！"

夜更深，素戋呜发出鼾声，须世理姬独自悄然倚靠在大厅的窗户上，看着红月无声地落入大海。

五

第二天早晨,素戈鸣一如平常,前往岩石密布的海里游泳。未承想,苇原丑男竟紧随其后,精神抖擞地从宫殿方向跑来。

看见素戈鸣,他鞠一躬,脸上露出愉悦的笑容:

"早上好!"

"怎么样?昨晚睡得好吗?"

素戈鸣站在岩石一角,狐疑地打量对方。这个精气神十足的年轻人怎么就没被蜂房中的蜜蜂杀死呢?这完全超出素戈鸣的想象。

"好!托您的福,睡得好。"

说着,苇原丑男拾起掉落脚下的一块小岩石,使出全身力气,扔向大海。岩石划出一道长弧线,直奔红云之空而去,最后落在远处的海浪中。即便让素戈鸣扔,也扔不了那么远。

素戈鸣咬着嘴唇,凝视着小岩石飞去的方向。

两人从海里回来。早饭时,素戈鸣板着脸,嚼着鹿腿,冲对面的苇原丑男说道:"如果你喜欢这里,尽管住。"

旁边的须世理姬冲苇原丑男意味深长地眨眨眼,意思让他不要接受父亲反常的热情邀请。苇原正用筷子夹盘中鱼,没注意她的暗号,欣然回答:"谢谢,那我就再打扰两三天。"

午后,趁素戈鸣午睡,两个恋人得以离开宫殿,来到无人的海边岩石处。苇原丑男把他的独木舟拴在这里,他们偷偷享受短暂的幸福时光。须世理姬躺在香气扑鼻的海草上,如痴如醉地仰视苇原丑男,但过了片刻,她便推开苇原丑男的手臂,担心地催促他离开此地:"如果你今晚还留宿,就会有生命危险。别管我,赶紧逃。"

苇原丑男笑笑,像孩子一样摇摇头:

"只要你在这儿,我就算被杀死也不离开。"

"可万一你有个三长两短……"

"那我们现在就逃离这个岛。"

须世理姬犹豫不决。

"否则,我做好思想准备,就一直待在这里。"

苇原丑男想再次把须世理姬抱入怀中,但她一把推开,猛地从海草上抬起身:

"父亲喊我。"

她的声音听上去有点紧张。

随即，她比小鹿还矫捷地穿过岩石，返回宫殿。

身后的苇原丑男面带微笑，目送她离开。一块披巾掉落在她刚才躺着的地方，和昨晚须世理姬给他的一模一样。

六

当晚，素戈呜亲自把苇原丑男扔进蜂房对面的另一间屋子。

和昨天一样，里面伸手不见五指，和昨天唯一不同的，就是黑暗中到处闪动着亮点，宛如埋藏地下的无尽宝石之光。

苇原丑男想知道那些发光体究竟是什么，等着眼睛适应黑暗环境。当他逐渐看清周围时，发现那发光体是大蛇的眼睛，大蛇体形庞大，几乎能将马匹生吞活咽。大蛇数量众多，在屋内蠕动，让人恐惧，有的缠绕在屋梁上，有的攀附在椽子上，有的在地上盘成一团。

他下意识把手搭在腰间的剑柄上，即便拔剑砍死一条，另一条肯定也能轻松地把他缠死。不，一条大蛇正从底下窥伺着他，另一条更大的蛇将尾巴缠在房梁上，倒挂下来，蛇头正好伸到他肩膀附近。

房门自然打不开，那个白发苍苍的素戈鸣好像站在门后侧耳倾听屋内动静，脸上则露出嘲笑。一段时间，苇原丑男死命握住剑柄，只转动眼珠。就在那时，脚底下那条盘得如山高的大蛇缓缓放松躯体，头昂得更高，似乎就要猛然咬住他的喉咙。

此时，他心中灵光一现。昨晚，屋内蜂群一拥而上时，他挥了挥须世理姬的披巾，侥幸逃生。如此说来，刚才须世理姬遗落在海边岩石上的披巾或许具有同等功效。想到这儿，他立刻取出自己拾到的披巾，轻轻挥了三下……

第二天早晨，素戈鸣在岩石密布的海边，又和愈发精神的苇原丑男碰面：

"怎么样？昨晚睡得好吗？"

"好！托您的福，睡得好。"

素戈鸣整张脸都露出不爽的神色，目不转睛地瞪着对方，但语调很快恢复平静，一如平常。

"是吧。那就好。和我一起游泳吧。"

他语调亲切。

很快，两人一丝不挂，在黎明时分的波涛汹涌的大海中游向远方。在高天原时，素戈鸣就是无人比肩的游泳高手；苇原丑男比他更擅长，游得随心所欲，如同海豚。两人的头发一黑一白，犹如两只黑白海鸥，隔着岸边的礁石屏风，只见他们很快就游到远处。

七

海水越涨越高，两人周围溢满如雪般的浪沫。在这片浪沫中，素戈鸣时不时歹毒地看一下苇原丑男。不管多高的海浪打来，他总能悠然自在地越过大浪，朝前游去。

游了一段时间，苇原丑男渐渐超到素戈鸣前方。素戈鸣不愿落在苇原丑男后面，悄悄咬紧牙关，但只要涌来两三个大浪，对方又轻松超过他。不知何时，苇原丑男已经消失在一波又一波的大浪中。

"这次本想把他沉入海底，消除麻烦的……"想到这里，素戈鸣愈发觉得不杀死他，心中怒火难平，"混蛋！最好让鳄鱼吃掉那个小奸小坏的流浪汉。"

但没过多久，苇原丑男轻松游回来，犹如他自己就是鳄鱼：

"您还游一会儿吗？"

他被海浪拍打着，脸上露出一如往常的微笑，远远地冲素戈鸣问道。素戈鸣不管如何刚愎自用，此时也不想再游下去……

当天午后，素戈鸣又带苇原丑男去小岛西头的开阔荒野，狩猎狐狸和兔子等。

两人登上荒野一角微微凸起的大岩石。苍茫荒野中，从两人身后吹来的大风把枯草顺次压弯，形成道道草浪。素戈鸣默不作声，望着这幅场景，过了一阵，把箭搭在弓上，扭头看着苇原丑男：

"有风会影响，但不管怎样，我和你比试一下弓力，看谁射得远。"

"好，那就比试一下。"

苇原丑男拿起弓和箭，依旧自信从容。

两人并肩站立，使出全身力气，拉满弓弦，同时放箭。两支箭穿过阵阵草浪，沿一条直线，飞向远方。快慢暂且不论，两支箭的尾羽只在日光下闪了一下，便同时消失在大风呼啸的天空下。

"分出胜负了吗？"

"没有。再射一次？"

素戈鸣皱皱眉，焦躁地摇摇头："射多少次都一样。不如麻烦你跑一下，去找找我的箭。那可是我从高天原带来的珍贵红箭。"

苇原丑男听从吩咐，跳进狂风大作的荒野。等他后背被高高的枯草掩没后，素戈鸣迅速从腰间的袋子里掏出火镰和石头，纵火焚烧岩石下的枯草。

八

无色的火焰瞬间就燃起黑色浓烟，与此同时，从烟雾下方传来荆棘、竹子等噼里啪啦的开裂声。

"这次终于可以干掉他了。"

素戈鸣把弓抵在高高的岩石上，露出凶悍笑容。

火势越烧越大，小鸟悲鸣，成群结队，飞向黑红的天空，很快又被浓烟缠绕，纷纷掉入火中，从远处看，就像无数个树上的果子被大风吹起又纷纷掉落。

"这次终于可以干掉他了。"

素戈鸣再次满足地从心里吐出一口气，但不知为何，也隐隐感到一种无法言说的孤寂。

当天傍晚,大获全胜、志得意满的素戋呜叉着双手,站在宫门前,眺望烟雾弥漫的荒野天空。这时,须世理姬心不在焉地喊他吃晚饭,暮色中,她拖着不知何时换上的素缟,如丧考妣。

看见她的装束,素戋呜突然想在她的伤口上加把盐:

"看那个天空!苇原丑男现在——"

"我知道。"

须世理姬垂着眼,出乎意料地打断父亲的话头。

"是吗?难道你不伤心?"

"当然伤心。即便父亲去世,我也不会这么难过。"

素戋呜脸色大变,瞪着须世理姬,却也无法再惩罚她:

"如果伤心,你可以大哭一场。"

他转过身,狂野地走进宫门,边爬楼梯,边恨恨地咂嘴巴。

"换作平时,就算说不过,我也要把你狠揍一顿。"

素戋呜走开后,须世理姬泪眼婆娑,抬头望了好一阵子暗红天空,很快便低下头,垂头丧气地回到宫中。

当晚,素戋呜难以入眠,觉得杀死苇原丑男就如同在自己心中下毒。

"之前,我多次想杀死他,但从未像今晚这样心神不宁……"

想着这些事,他在散发着青草味的榻榻米上辗转反侧,即便如此,他还是无法顺利入眠。

很快,在漆黑的大海对面,孤寂的拂晓已露出一丝寒色。

九

第二天早晨,当朝阳普照大海,没睡好的素戋呜头昏眼花,紧锁眉头,慢腾腾走到宫门口。令他吃惊的是,苇原丑男和须世理姬正坐在那里的台阶上,开心聊天。

看见素戋呜,两人也大吃一惊。不过,苇原丑男马上恢复如初,开心地抬起身,递上一支红箭:

"幸亏我把箭找到了。"

素戋呜尚未从惊讶中缓过神。不过,看见年轻人安然无恙,不知为何,他内心觉得高兴:

"不错,没受伤吧?"

"是的,纯属侥幸。那场大火烧过来时,我恰好捡到这支红箭。我在烟雾中穿行，想拼命逃到大火没烧到的地方。尽管我心急如焚，还是跑不过西风刮来的大火……"

苇原丑男停顿一下，冲着全神贯注听他讲话的父女微微一笑：

"我做好被烧死的最坏打算。就在那时，跑着跑着，脚下的土层突然崩塌，我掉进了一个大坑。最初，坑里漆黑一片，但周围的枯草被烧着后，大火照亮坑底，只见身边密密麻麻挤着好几百只野鼠，把泥土的颜色都挡住了……"

"哎呀，野鼠还好啦，要是蝮蛇……"

一瞬间，须世理姬的眼中既有笑意，也有泪光。

"不，即便野鼠，也不可小觑。如果没有这支红箭的箭羽，我当时就被它们吃掉了。幸亏大火没造成任何影响，在大坑外围烧了一圈就过去了。"

听着听着，素戈呜对幸运的年轻人又产生憎恶感。之前，他想做的事从未失手过。如果这次杀死年轻人的目的未能达成，就会严重挫伤他的自豪感。

"是吗？运气不错。不过，运气这玩意，不知何时就会转向……不过，不提那件事。总之，命能保住就好。跟我来这边，帮我捉捉头上的虱子。"

苇原丑男和须世理姬只好跟在后面，撩开清晨阳光照耀下的白帷幕，钻进大厅。

素戈呜气呼呼地盘坐在大厅中央，解开发髻，任头发随意地垂落在地上。干枯发白的头发很长，俨然一条大河：

"我头上的虱子可不好对付。"

苇原丑男没当回事，拨开白发，准备发现一个虱子捏一个，但在发根处蠕动的哪是什么小虱子，全是带有剧毒的黄铜色的大蜈蚣。

十

苇原丑男无从下手，旁边的须世理姬偷偷将一把糙叶树果和红土递到他手里，也不知她何时悄悄带来的。苇原丑男用牙咬烂糙叶树的果实，然后将红土含入嘴中，接着往地上吐，似乎逮住了蜈蚣。

其间，素戈呜因为昨天没睡好，身体困乏，不知不觉进入了梦乡。

……被逐出高天原的素戈呜，用脚指甲被拔掉的双脚踏在岩石上，登上险峻山路。岩石表面的蕨类、乌鸦的叫声,还有冷白的天空,目之所及,一片荒凉。

"我何罪之有?我比他们强大。强大不是罪过。反倒是他们有罪。那些嫉妒心强、阴险娘气的人才有罪过。"

就这样,他怒气冲冲,继续艰难跋涉一段路程。一块如同龟背的大岩石挡住去路,岩石上有一面白铜镜,上面系着六个铃铛。他在岩石前停下脚,无意地看了看那镜子,清澈镜面上赫然映出一张年轻的面孔。但那不是自己的面孔,而是他几度想杀死的苇原丑男的面孔……想到这儿,他从梦中惊醒。

他睁大眼睛,环顾大厅,只有清晨的明媚阳光照射进来,不知为何却看不到苇原丑男和须世理姬。不仅如此,他突然发现头发被分成三股,捆在屋梁上。

"上当了!"

一瞬间,他恍然大悟,发出怒吼,用尽全力,摇晃着头。顿时,宫殿的屋顶发出比地震还响的声音,那是被头发捆住的三根屋梁同时崩裂的声响。素戈鸣充耳不闻,伸出右手取来又粗又长的天鹿儿弓,再伸出左手取来天羽羽箭的箭袋,最后两脚发力,一下子站起来,拖着三根屋梁,就像云峰崩塌一般,傲然晃出宫外。

宫殿四周的糙树林被他的脚步声震得哗哗作响,连在树梢筑巢的松鼠也相继掉到地上。素戈鸣如同狂风，穿过那片糙树林。

林子外面是断崖的正上方，下面就是大海。他岔开腿，站在那里，把手搭在眉毛上，眺望广阔海面。巨浪的对面，大海把太阳染成淡蓝色，在一波又一波的巨浪中，一艘熟悉的独木舟正朝远海驶去。

素戈鸣用弓抵住地，注视那艘小船。小帆船似乎也在嘲讽他，在阳光照射下，轻松地劈波斩浪。不仅如此，他还能清晰看到苇原丑男在船尾，须世理姬在船首。

素戈鸣静静地把天羽羽箭搭在天鹿儿弓上，弓弦眼看拉满，箭头也冲着眼睛下方的独木舟。但弓箭始终保持着一条直线，却没离开弓弦。不知何时，他眼中浮出微笑。类似微笑的同时不也类似泪光吗？他耸耸肩，漫不经心地抛掉弓箭，然后抑制不住地大笑起来，那笑声比瀑布还响：

"我祝福你们！"

素戈鸣从高高的断崖上朝远处的两人挥手。

"要比我更有本事，要比我更有智慧，要比我更……"

犹豫片刻，素戈鸣丹田发力，继续祝福了一句："要比我更幸福！"

他的祝福随风响彻在海面上。和天照大神争斗时相比，和被逐出高天原时相比，和斩杀高志大蛇时相比，此时此刻，这位素戈呜更无限接近天神，更充满无尽的威严感。

1920 年